산골 할아버지의 숲 이야기

들어가는 말

현대인은 지쳐있다. 도시의 탁한 공기 속에서 많은 사람이 정신과 육체적으로 병들어간다. 그런데도 쉼 없이 바쁘기만 하다. 그들에게는 휴식과 치유가 필요하다. 휴식과 치유를 받을 수 있는 가장 적합한 장소가 숲이다. 필자는 숲해설가로 활동하며 숲을 통해 치유되는 많은 사람을 보았고, 왜 숲에만 들면 그렇게 날뛰던 아이들이 쉽게 안정을 찾고 편안해하는지를 정확한 이유는 모르지만, 많이 봐 왔다. 그리고 숲을 찾아 살아갈 힘을 얻는 많은 사람도 보았다. 필자도 많은 날을 숲에서 생활하면서 끊임없는 자연과의 대화로 얻은 지혜를 산을 좋아하는 사람과 공유하고 싶어 이 책을 기획했다. 독자도 이 책을 읽고 재미있는 자연의 이야기에 흠뻑 취했으면 한다. 그렇기에 이 책에는 자연과 대화한 많은 이야기를 담았다. 자연이 인간에게 하고픈 이야기를 듣고 옮겼으며, 왜 인간이 자연 속에서 숨 쉬며 살아야 하는지를 담았다.

자연의 모습에서 놀람과 의문을 가지게 되며, 그것에 대해 사고하는 과정에서 '왜'와 '어떻게' 사는 것이 좋은 인생을 사는 것인지를 찾게 되리라. 또한, 자연은 그런 지혜를 인간에게 끊임없이 주고 싶어 한다는 것을 이 책을 통해 알게 되었으면 좋겠다.

자연은 지혜의 산실이며, 요람이다. 인간은 자연에서 태어났으며, 자연에서 배우고 발전했다. 사실 우주에서 바라본 지구는 낙원이다. 그러나 오늘도 여전히 축구장 수천 개의 열대우림이 사라지고 있다. 자동차와 공장에서 뿜어대는 이산화탄소로 인한 기상이변으로 남극과 북극의 빙하는 녹아내리고, 지진과 화산폭발은 끊임없이 일어나고, 북극곰은 먹이를 찾지 못해 굶어 죽어가고 있고, 낮은 섬나라들이 사라지고 있는 현실에서 보면, 사회의 일각에서 숲과 자연을 살리고자 하는 노력이 늦어도 너무 늦은 감이 있다.

자연은 지금도 많은 지혜를 사람에게 알려주려 하지만, 사람은 귀를 닫고 있다. 자연의 소리를 들을 줄 모르게 되었기 때문이다. 아예 숲을 찾지 않은 사람도 수없이 많다. 이 책은 인간에게 자연의 소리를 듣는 방법을 알려준다. 미지의 세계를 걷는 듯 흥미를 일으킨다. 살아가면서 알게 모르게 가지게 된 의문을 자연과 대화함으로 답을 찾을 수 있다.

자연에 관해 서술한 많은 책이 있다. 그런데 그러한 책들은 딱딱한 경우가 많다. 왜냐면 지식을 전달하려 했기 때문이다. 하지만 이 책은 딱딱한 학술서가 아니다. 자연과 교감을 통한 인문서이기에 쉽고 재미있게 읽힐 것이다. 그리고 그 재미를 통해 자연과 친해질 것이며, 살아가는데 필요한 지혜를 찾는 방법을 알게 될 것이다.

숲이 주는 힐링 에너지

숲에 가면 코끝이 상쾌해진다. 코를 타고 솔 향기 맑은 산소가 가슴으로 들어와 퍼진다. 가슴으로 들어온 산소는 혈관을 타고 뇌로 올라가 상쾌함이 가득한 방의 문을 연다. 그러면 상쾌함이 실핏줄을 타고 온몸으로 퍼진다. 온몸과 마음이 상쾌해진다.

숲에 가면 피부를 스치는 바람이 뇌에 남은 삶의 찌꺼기를 말끔히 씻어준다. 세포들이 좋아서 리듬을 탄다. 그때쯤 가슴 속에는 설렘의 풍선이 부풀어 오르고 기분을 하늘로 두둥실 떠오르게 해준다.

숲에 가면 녹색으로 눈이 깨끗해진다. 달팽이와 지렁이와 다람쥐와 참새와 토끼와 꽃들과 풀들과 나무와 눈을 맞추면 숲길은 동화 세상으로 변한다. 욕심 없는 동화마을이 숲길을 따라 펼쳐진다. 그 세상에는 거짓과 고통과 상처가 없고 오직 힐링이 있을 뿐이다.

숲은 보물 창고다. 무궁무진한 이야기 창고다. 사람의 병을 치료해주는 약의 창고다. 많은 지식을 간직한 지혜의 창고다. 그런데 보물은 꼭꼭 창고에 숨겨져 있다. 열쇠를 찾아야 한다. 그래야 보물 창고를 열 수가 있다. 이 책이 그런 보물 창고를 여는 열쇠이다.

아는 만큼 보인다는 말이 있다. 숲이 좋은 것은 누구나 안다. 하지만 무엇이 좋은지 막연하다. 숲은 사람에게 많은 것을 이야기한다. 그런데 숲이 말하는 언어와 사람이 말하는 언어는 다르다. 숲의 언어를 알아야 숲의 말을 들을 수 있다. 이 책에는 숲이 말하는 것을 작가가 해설해 옮겨썼다. 이 책을 읽으면 숲이 사람에게 무엇을 말하는지 느낄 수 있을 것이다. 그것은 듣는 것이 아니고 글자로 보는 것이 아니고 가슴으로 느끼는 것이다. 숲이 하고 싶은 말을 가슴으로 느끼게 해주는 사람이 숲해설가이다.

이 책을 쓴 작가는 숲해설가이다. 말 그대로 숲의 말을 사람의 말로 해설해주는 사람이다. 어린 시절부터 숲속에서 생활하며 숲과 친구가 된 작가는 숲에 대해서만은 박사다. 그는 풀의 말을, 돌의 말을, 나무의 말을 들을 수 있는 귀를 가졌다. 그 말을 우리가 이해할 수 있는 말로 해설하여 이 책에 썼다.

이 책을 읽는다는 것은 숲과 이야기를 나누는 것이 되며, 숲에서 지혜를 배우는 것이 된다. 다른 무엇보다 숲은 사람에게 힐링을 주고 싶어 한다. 이 책을 읽는 자체로 힐링이 될 것이다.

현대인은 바쁘게 살아간다. 무엇이 바쁜지도 모르고, 어디로 가는지도 모른 채 앞만 보며 달려간다. 최선을 다한다는 것은 좋은 것이다. 하지만, 쉼 없는 최선은 피로를 가져오고, 그 피로는 병으로 이어진다. 최선에도 현명함이 필요하다. 다시 말해 현명한 최선은 쉼을 동반하는 것이다. 쉼의 가장 좋은 장소가 숲이다.

작가와 함께 숲길을 조용히 걸어보자. 그러면 가슴 저 밑으로부터 땅속 나무의 뿌리로부터 혈관을 타고 올라오는 새로운 에너지가 수액처럼 치솟아 올라올 것이다. 세상을 살아가는 새 힘이 솟아 올라올 것이다.

숲은 산소 발전소이다. 숲은 에너지 발전소이다. 충전되지 않은 휴대폰은 작동할 수 없다. 숲에서 에너지를 받아 생기발랄한 삶을 충전하여 살아가자. 이 책은 당신에게 삶을 새롭게 시작할 힐링이라는 싱싱한 에너지를 줄 것이다.

윤창영 작가(시인, 아동문학가, 에세이스트)

목차

2장
사람의 이웃, 동물

3장
이야기를 품은 자연

4장
숲해설가와 함께 하는 숲 체험

1
장

재미난
식물 이야기

– 식물의 오른손잡이와 왼손잡이

일상에서 흔히 쓰는 갈등(葛藤)이란 단어는 칡(葛)과 등(藤)의 싸움을 말한다. 칡은 예부터 구황식물로 썼고, 칡뿌리와 칡가루로 차와 국수를 해 먹는다. 등나무는 시원한 그늘을 만들어 주고 줄기로 지팡이나 의자를 만들고, 꽃을 말려 부부 금실이 좋아지라고 신혼 금침에 넣어주곤 한다. 칡과 등나무를 한자리에 심고 지주목을 세워 타고 오르게 하면 칡은 오른쪽으로 감고 등나무는 왼쪽으로 감고 오른다. 위에서 보면 칡넝쿨은 시계 반대 방향, 등 넝쿨은 시계방향이다.

나팔꽃, 메꽃, 박주가리, 세삼, 마 등은 우권이고, 인동과 환삼덩굴은 좌권인데 더덕은 양손잡이다. 사람도 왼손잡이가 드문데 식물도 그런 게 신기하다. 연체동물의 고동이나 달팽이도 그렇고, 원자나 분자도 오른쪽으로 휘말려있다. 이중 나선구조인 DNA도 97%가 오른쪽으로 감는다고 한다. 이는 아마도 지구나 태풍이 팽이 도는 방향인 시계 반대 방향으로 돌기 때문이지 쉽다.

현실에서 아직 칡과 등나무가 엉켜 싸우는 모습은 보지 못했다. 서로 복잡하게 뒤엉켜 적대시하며 일으키는 분쟁이 갈

등인데, 왜 잘살고 있는 우리를 가지고 야단이냐며 칡과 등나무가 항의할지 모르지만, 이러한 생태를 깊이 살핀 선조의 지혜로움과 통찰에 그저 고개가 숙여질 따름이다.

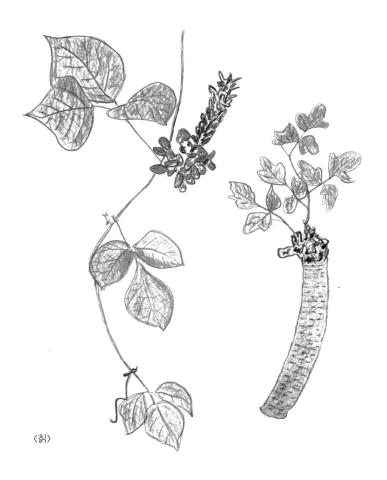

〈칡〉

– 식물의 땅속 세상

숲속의 지상은 서로 햇볕을 확보하려는 나무 간의 사투가 끝없이 이어진다. 여기서 지기라도 하면 그대로 죽어야 한다. 땅 밑은 어떨까? 대부분 사람은 지상보다 지하가 더 치열하게 경쟁할 거로 추측한다. 1990년대 초 오리건주립대학 균류학자 수전 시머드와 연구진은 "균류와 뿌리의 공생을 통한 나무 사이의 자원전달"이란 논문을 발표하면서 이 가설은 뒤집혔다. 지구상에 사는 모든 식물은 미생물과 공생한다.

식물의 90% 이상은 뿌리와 균류(곰팡이와 버섯의 균사체) 사이에 끈끈한 유대를 이루고 살아간다는 사실을 밝혀냈다. 물과 양분을 찾는 실력은 균류의 균사체가 뿌리보다 100배 정도 효율적이다. 균사체로부터 공급받은 물과 양분으로 식물은 광합성을 하며 광합성 산물의 10~30%는 뿌리를 통해 균류에게 전달한다. 일종의 수수료인 셈이다.

시머드의 연구진은 이 숲의 땅속 그물망을 탐험하면서 역동적인 상호의존성의 새로운 원리를 발견했다. 빛을 찾으려고 애쓰는 묘목이 대부분을 이루는 그늘진 곳의 식물은, 숲의 지붕 꼭대기에서 햇빛을 받는 식물의 도움을 받고 있다는 사실을 밝혀냈다. 보이는 지상의 세계보다 보이지 않는 지하의 세계가 더 평화롭고, 공존하며 살고 있다는 사실이 흥미롭다.

그런 식물에서 지혜를 배운다. 인간관계에서도 이런 공존의 원칙이 적용된다. 땅 위가 보이는 관계라면, 땅속은 보이지 않는 관계다. 땅 위가 의식의 공간이라면, 땅속은 무의식의 공간과 대비할 수 있다. 보이는 세계는 꾸밀 수 있지만, 보이지 않는 세계는 꾸미기 어렵다. 아니 꾸밀 필요가 없다. 본능의 세계이기 때문이다.

사람의 관계도 얼굴이나 말은 꾸밀 수가 있다. 하지만 내면은 꾸밀 수가 없으니 진정의 세계이다. 그런 의미에서 보이지 않는 마음과 마음이 관계를 맺는 것이 진정한 인간관계라 할 수 있다. 땅속뿌리의 세계처럼.

식물
이야기

– 개똥참외의 철학

예부터 참외는 개똥참외 맛이 최고라고 하였다. 사람이 참외를 먹고 똥을 눈 것을 개가 먹고 똥을 누면 그 똥 속의 참외씨가 자라서 열매 맺는 참외가 최고 맛있다고 한다. 왜 그럴까? 사람 위의 산도는 1.2 정도며, 개도 사람과 거의 같은 수준이라고 한다. 그 두 개의 위 속을 거치면서 참외 씨는 죽지 않으려고 얼마나 발버둥 쳤을까? 그렇게 내공이 쌓인 씨와 그렇지 않은 씨의 차이이리라.

산삼도 마찬가지다. 산삼 씨를 새가 먹고 똥으로 나온 씨라야 천종산삼이 된다고 한다. 그냥 땅에 떨어진 씨는 그저 5~6

로 제비꽃과 금낭화가 있다.

애기똥풀은 언어 순화 운동의 표적이 되기도 하는데, 개불알꽃, 쥐똥나무, 노루오줌, 며느리밑씻개, 며느리배꼽, 며느리밥풀 등 언뜻 들어 고상하지 못한 말이라고 개명하자는 말도 많으나, 며느리밑씻개 외는 우리말의 정겨움이 묻어나 씩 웃음이 나온다.

- 나무의 균형을 맞추어 주는 역지(力枝)

우듬지는 나무의 성장을 주도하고, 역지(力枝)는 나무의 균형을 유지한다. 전지할 때 우듬지는 제일 위쪽의 가운데 순이니 다 아는데, 역지는 나무의 제일 밑의 가지니 모르고 자르는 우를 범한다. 역지를 잘라버리면 나무는 균형을 잃고 웃자라 바람에 쉽게 넘어진다. 그러면 우듬지를 잘라 생장을 옆 가지로 펼쳐야 하는데, 키우고자 하던 나무의 형상은 영영 끝나버린다.

나무는 성장하면서 역지의 위치가 변하니 조급하게 생각지 말고 자세히 관찰해야 한다. 특히 주의해야 할 나무가 소나무와 편백인데 빨리 키우려다 역지를 자르는 실수를 저지르기 쉽다. 사실 나무의 컨트롤 센터는 역지(力枝)다. 이 역지에서 나무의 균형을 맞추어 준다.

유실수와 무실수의 특이한 차이점은 사과나 배 같은 유실수는 나무 키의 1/2만큼 뿌리가 뻗고, 소나무나 느티나무 같은 무실수는 뿌리가 나무 키만큼 뻗는다. 나무를 키울 때 뿌리의 생장점에 거름을 줘야 하는데, 이때 참고하면 된다.

참나무 같은 튼튼한 나무에 조그만 도토리가 열리고, 연약한 호박이나 수박 줄기에 요강 단지만 한 열매가 달리도록 한 이유는, 참나무 밑에서 낮잠을 자다 도토리에 맞아보면 현명한 조물주의 지혜를 알 것이다.

– 부추 잎 위의 이슬

예로부터 부추를 일컫는 말로 부부간의 정을 오래도록 유지해 준다고 하여 정구지(精久持)라 하며, 신장(腎臟)을 따뜻하게 하고 생식기능을 좋게 한다고 하여 온신고정(溫腎固精)이라 하며, 남자의 양기를 세운다고 하여 기양초(起陽草)라고 하며, 과붓집 담을 넘을 정도로 힘이 생긴다고 하여 월담초(越譚草)라

하였고, 운우지정(雲雨之情)을 나누면 초가삼간이 무너진다고 하여 파옥초(破屋草)라 하며, 장복하면 오줌 줄기가 벽을 뚫는다고 하여 파벽초(破壁草)라고 하였다.

예부터 봄 부추 한 단은 피 한 방울보다 낫다는 말과 함께, 인삼, 녹용과도 바꾸지 않는다고 한다. 첫물 부추는 아들은 안 주고 사위에게 준다는 말이 있는데, 이는 아들에게 주면 좋아할 이가 며느리이니, 차라리 사위에게 먹여 딸이 좋아지도록 하겠다는 의미다.

옛 문서에서 발견한 부추의 특이 사항 중에 우리가 꼭 알아야 할 사항이 있다. 아침 이슬이 자욱이 내린 새벽에 밭에 나가 일을 하다 보면, 아침 해가 떠오르는가 싶은데 부추 잎의 이슬은 사라지고 없다. 韭上朝露何易晞(구상조로하이희) 왜 모든 풀 중에서 부추 잎의 이슬이 제일 먼저 사라질까? 이 의문 또한 알려줄 사람이 없으니, 부추밭에 가면 부추한테 묻고 또 물어야겠다.

땅속의 산소
길, 잡초

우주선을 타고 우주에 나가서 지구를 보면 '물과 잡초와 나무가 지구를 지키고 있구나.' 하고 감탄할 것이다. 인간이 지구에 상처를 내면 제일 먼저 달려가는 것이 잡초다. 어쩌면 지구는 잡초에 의해 아름다워지고 사람에 의해 황폐해지고 있다고 말할 수 있다. 어쩌면 지구의 처지에서 보면 인간이야말로 지구의 잡초가 아닐까? 인간이 없으면 '지구에 진정한 평화가 오고 낙원이 되는 것은 아닐까?'라는 생각이 들기도 한다.

잡초는 지구에 긴급 사태가 생기면 제일 먼저 달려가는 119 같은 존재다. 다행히 지구가 위급한 상황을 넘기면 잡초는 자기보다 덩치가 큰 나무에 자리를 양보하고 물러선다. 짐 놀먼은 이렇게 말한다. "잡초는 가이아의 백혈구이자 부스럼 딱지

일평생 한 곳 한 방향으로 머리 숙여
오직 한 임을 기다리는 고집쟁이다.

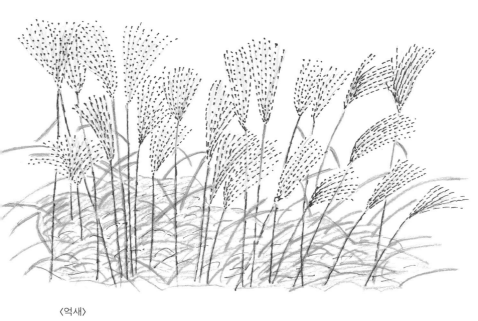

〈억새〉

상추와 졸음

상추쌈을 먹어서 그런지, 왜 이리 졸리지? 꼭 봄볕에 고양이 조는 듯하네. 상추쌈을 먹으면 졸리는 것이 사실일까? 식사하고 나면 뇌로 가는 혈액량이 줄어들기에 활동이 둔해지고 졸음이 온다. 그런데 상추를 먹고 나면 더 졸리는 이유는 무엇일까? 상추와 졸음은 어떤 관계가 있을까?

상추를 먹고 난 뒤 졸음이 더 심한 이유는 상추에 들어있는 특정한 물질 때문이다. 상춧잎이나 줄기를 꺾으면 흰 액체가 나온다. 이 액은 락투신(lactucin)과 락투세린(lactucerin)으로 쓴 맛을 낸다. 이 물질은 마음을 안정시키고 통증을 가라앉히는 효과가 있다고 알려져 있다. 상추쌈으로 식사했을 경우 기본적으로 위로 가는 혈액이 많기에 뇌로 가는 혈액이 적어 뇌가 조금 둔해지는 탓도 있지만, 락투신과 락투세린의 효과로 더욱더 졸린 상태가 된다. 락투신과 락투세린은 상추가 동물로부터 자신을 보호하기 위해 가진 비장의 무기다. 그렇기에 배춧잎에는 벌레가 많아도 상춧잎에는 벌레가 없다.

그것이 상추에 농약을 치지 않아도 잘 크는 이유다. 신선한 채소를 농약 걱정 없이 먹을 수 있다는 게 얼마나 좋은가. 저녁에 먹으면 꿀잠을 잘 수 있기에 운전하지만 않는다면 저녁 반찬으로 제격이다. 락투신과 락투세린은 신진대사를 활발하게 해주는 데다 최면과 진정 효과도 있어 상추를 즙으로 만들어 먹으면 우울증이나 스트레스 해소에도 큰 도움이 된다. 상춧잎을 말려 가루로 만들어 양치하면 새하얀 이빨을 만들어 주는 효과도 있다. 거기다 비타민A, 비타민C, 철분과 무기질도 풍부하다.

횟집에 가면 상추쌈과 깻잎이 함께 나온다. 깻잎은 칼슘과 무기질, 철 성분이 풍부하다. 특히 깻잎은 비타민K가 풍부해 지혈 효과가 뛰어나고, 독특한 향이 나는 정유 성분이 방부제 역할까지 하는 것으로 알려져 있다. 그러니 상추와 깻잎으로 차린 밥상이라면 숙면과 신진대사를 활발하게 하는데 으뜸이다. 하지만 한방에서는 상추는 차가운 성질이 있어 설사와 같은 배앓이를 하는 사람은 먹지 않는 것이 좋다고 한다.

현재는 하우스에서 사시사철 상추와 깻잎을 재배해 먹을 수 있는 시대니 얼마나 행복한지 모른다. 그래서 상추에 대한 특별한 애정을 가지고 밭에서 기르면, 고라니가 밤에 내려와 다른 작물은 건드리지 않고 상추만 먹고 간다.

– 상추와의 대화

상추야. 넌 작년 이맘때 어디서 무엇을 하다 여기에 왔니?

예, 주인님!

그때 전 엄마 품에 고이 안겨 있었죠. 좋은 씨로 자라야 한다며 열심히 저를 보살폈어요. 여름에 튼실한 씨가 되니 주인님이 저희를 베어 처마 끝에 매달았잖아요. 참새가 까먹을까, 쥐가 훔쳐 갈까, 바람에 떨어질까 봐 주인님은 늘 우리를 지켜주셨죠.

작년 겨울밤의 추위는 상상을 초월했어요. 매서운 북풍에 손발이 얼어 울고 있으면, 그때마다 달님이 찾아와 포근히 손을

더위도 마찬가지다. 온몸으로 수분을 흡수하는 이끼는 몸속에 많은 수분을 저장하고 있기에 쉽게 고사하지 않는다. 그래서 갑자기 가뭄이 들어도 몇 주 동안은 끄떡없이 잘 버틴다. 몇 주가 더 지나도 계속 비가 오지 않으면 이끼는 자기 잎을 말아서 수분이 증발하는 것을 막는다. 종종 가뭄이 길면 갈색으로 변해 쪼그라들어 말라 죽은 듯 보이기도 한다. 하지만 비가 오면 금세 싱싱한 모습을 회복하는 놀라운 장면을 연출한다.

요즘에는 이끼의 쓰임새도 다양한데, 리트머스 시험지를 만들어 사용한 지는 100년 가까이 되었고, 상처를 싸매는 붕대와 외과 치료용으로 지혈하는 데 사용할 뿐 아니라 기관지염, 심혈관질환, 이뇨제 등의 약품을 만드는데도 쓰인다. 최근의 연구에 의하면 이 이끼가 피톤치드를 편백보다 많이 배출하고, 다른 공기정화식물보다 단위면적당 산소 배출량이 800~1,000배라고 한다. 습기와 습도를 조절해주고 공기정화 기능까지 갖춘 이끼 테라리엄을 만들어 가정이나 직장에 비치해보면 어떨까?

이끼는 꽃을 피우는 식물은 아니다. 꽃을 피우는 식물보다 진화가 덜 된 이전 단계의 식물로 포자(홀씨)를 이용해 번식한다. 이때도 물이 중요한 메신저 역할을 한다. 이끼는 암수딴그루로 수 그루의 정자가 물을 타고 흘러 암그루의 난세포가지 이동해야 수정이 이루어진다. 그러면 암그루에 포자가 만들어지고, 이 포자가 주변으로 떨어져 나가면서 새로운 이끼로 자라게 된다.

이끼는 축축하고 어두운 응달에 살면서 생태계에 큰 도움을 준다. 이끼는 땅의 영양분이 부족한 환경에서도 잘 자란다. 또한, 이끼가 그런 환경에서 씨를 뿌리고 자라고 죽기를 반복하면서 땅에 영양분을 공급한다. 또 약한 헛뿌리도 흙이 떠내려가는 것을 막는 역할을 한다.

아이들과 함께 산속에 들어가 파란 이끼가 덮인 지면이나 바위에서 이끼에도 꽃과 열매가 있는지, 함께 살아가는 동식물은 어떤 것이 있는지 알아보자. 그리고 눈을 감고 파란 이끼 위로 지나가는 바람 소리를 들어보자. 그런 다음 이끼가 우리에게 전하고 싶은 이야기를 나열해보자. 요모조모 따져보면 이끼는 분명 생태계와 인간의 삶에 꼭 필요한 생물임을 알게 될 것이다.

측백나무와
버드나무

– 측백나무

주목과 같이 1,000년을 산다는 측백나무는 우리나라 땅에 자생하는 나무로 예부터 신선이 되는 나무로 알려져 귀하게 대접을 받아왔다. 향산은 약 1,000그루의 측백나무가 있는 숲이다. 측백(側栢)이란 이름의 유래는 잎이 옆을 향해서 난다는 의미로 붙여진 이름이다.

우리나라의 측백나무와 일본에서 온 편백은 사촌 간으로 구분이 쉽지 않은데, 나무를 척 보고 아는 방법은 나무의 우듬지가 똑바로 서 있으면 측백이고, 우듬지가 구부러져 있으면 편백이다. 어린나무는 이런 식으로 구별이 되는데, 성장을 한 나무는 잎의 앞뒷면의 색이 같으면 측백이고, 잎의 뒷면에 Y자 모양의 은색 선이 있으면 편백이다.

그리고 나무껍질이 세로로 쭉 찢어지면서 적색이면 편백이고, 측백은 세로로 찢어지는 정도가 약하고 나무껍질에 회색빛이 있다. 그리고 측백나무 열매는 울퉁불퉁하여 도깨비방망이를 닮았고, 편백의 열매는 둥글면서 축구공 모양의 무늬이다. 측백과 편백의 가장 큰 특징은 측백은 편백보다 생장이 느리다는 것이다. 그래서 우리나라에도 편백은 급속히 늘어나고 있는데 비해 측백은 거의 심는 사람이 없는 지경이고 정원의 울타리용으로 심는 경우가 있다.

측백나뭇과인 편백은 일본명 히노끼라 불리는 나무인데 향기가 좋아 판재로 가공되어 우리나라에서 건축자재로 많은 수입을 하고 있다. 중국의 열선 전에는 적송자라는 사람이 측백나무 씨(栢子仁)를 꾸준히 먹었더니 빠진 이가 새로 나왔다는 이야기가 전한다. 또 화원기에는 백엽 선인이라는 노인이 측백나무 잎을 꾸준히 먹었더니 나이가 들어도 어린애 피부처럼 광채가 나고 흰머리가 다시 검어지고 몸이 깃털처럼 가벼워져 신선이 되었다고 전한다.

측백나무는 불로장생의 신선목으로 여겨 서향목(西向木)으

으면 대개 무시무시한 꽃으로 여길 만하다. 그런데 한자로 본 복수초(福壽草)는 행복을 상징하는 대표적인 꽃이다. 일명 얼음꽃, 측금잔화(側金盞花)로 불리기도 하고, 설날에 핀다고 원일초(元日草) 또는 눈 속에 핀 연꽃이란 뜻으로 설연화(雪蓮花)라고도 부른다. 그래서인지 중국이나 일본에서도 우리와 같은 한자를 쓴다.

복수초는 2월이면 곡괭이도 들어가지 못할 언 땅을 뚫고 나온다. 주위에 흰 눈이 소복한데도 눈을 녹이고 꽃을 피운다. 복수초 부근을 자세히 보면 어린싹 주위는 눈이 녹아있다. 실외 온도가 -2℃인데도 꽃술에 온도계를 꽂아보니 12℃나 되었다는 보고도 있다. 어린싹은 자기 몸으로 눈을 녹이고 나온 것이다. 복수초가 오전 10시쯤 하얀 눈 위에 꽃망울을 펴뜨리면 마치 하늘에서 금화를 퍼뜨린 듯해 눈이 호강한다. 그러다 오후 3시쯤에는 꽃잎을 닫아버린다. 흐린 날이나 비 오는 날에도 꽃잎을 닫는다. 이런 꽃의 생리를 모르면 매번 허탕을 친다. 꽃은 푸른 하늘이 바탕색이 되면 최고로 멋진데, 복수초는 땅에 딱 붙어 눈을 끌어안고 핀다. 그래서 멋진 사진을 찍기가 쉬운 것은 아니다.

복수초는 미나리아재빗과의 봄에만 성장하는 여러해살이풀이다. 특이하게 동서양의 꽃말이 다르다. 동양에는 '영원한 행복'이며 서양에는 '슬픈 추억'이라고 한다. 장수를 기원하는 복수초는 일 년 중 가장 먼저 꽃을 피운다. 꽃은 작은 접시나 술잔처럼 생겼다. 꽃은 줄기 끝에 한 개씩 달리며, 지름 3~4cm 정도이고 눈 속을 뚫고 나와 봄을 부른다. 정말 금화를 닮은 노란 꽃잎 때문에 '황금의 꽃'이란 별명을 얻게 되었으며, 부유함과 행복을 상징하는 꽃이 되었다. 추위에 강한 복수초는 여름 고온에는 무척 약해 지상부는 거의 말라 죽는다. 꽃이 향광성이라 햇볕이 날 때 활짝 피며 노란 꽃잎 표면에 빛이 반사되면 약간의 열이 발생하면서 꽃 윗부분의 눈을 녹인다.

복수초의 뿌리줄기는 짧고 굵은 흑갈색의 잔뿌리가 많다. 줄기는 곧게 서고 줄기 밑동은 비늘조각에 쌓여있다. 키 높이는 10~30cm로 털이 없으나 가끔 윗부분에 털이 조금 생기기도 한다. 꽃잎은 20~30개로 수평으로 퍼지고 수술이 많다. 이른 봄 잎에 앞서 꽃을 피우며, 꽃이 지면 당근 잎 닮은 잎을 내놓는데, 황금빛의 꽃도 멋지지만, 나날이 커지는 봉오리 또한 봄의 길목에서 멋진 모습으로 다가온다. 꽃이 필 무렵에 복수초의 뿌리를 캐어 보면 뿌리에서 온기가 느껴지고 하얀 김이 무럭무럭 나는 것을 확인할 수 있다.

복수초는 꽃잎, 뿌리 등 모든 부분을 약용으로 사용하고 있다. 맛은 쓰고 성질은 평하며 독을 가지고 있다. 꽃이 필 무렵에 채취한 것이 복수초 효능의 약효가 가장 좋다. 복수초는 4월에 뿌리째로 전초를 채취하여 햇볕에 말린다. 복수초의 효능은 강심, 흡수, 축적성 작용, 중추에 대한 작용, 혈액순환 촉진, 이뇨, 진정, 가슴 두근거림, 심부전증, 부종 등에 약재로 쓰인다. 특히 복수초는 심장을 강하게 하는 작용이 탁월하여 심장병을 앓는 사람은 눈여겨볼 일이다.

복수초(福壽草)

탕! 총소리와 함께 내달린다.
사람이건 식물이건
100m 달리기만큼 집중하는 순간은 없다.
숨도 쉴 사이 없다.
단 10초 언저리
볼트화가 내리 3년을 1등을 하더니

올핸 복수초에 뒤졌다.

매화가 씩씩거리며 내년에 보자며,

복수초가 내미는 손을 본체만체 돌아선다.

해마다 이맘때 100m 경기는 펼쳐지고 있는데,

아무도 몇 해째인지 아는 사람이 없다.

〈복수초〉

민들레
(a dandelion)

　우리나라에는 여러 종의 민들레가 자란다. 토종민들레인 민
들레, 흰민들레, 좀민들레, 산민들레와 서양민들레가 있는데,
도시에서 주로 보는 것은 서양민들레다. 왜냐면 서양민들레는
제꽃가루받이(클론clone)뿐 아니라 토종민들레와도 수정한다.
토종민들레는 자기들끼리만 수정해서 개체 수가 적은 것과는
비교가 된다. 그렇다 보니 토종은 점점 외곽으로 쫓겨나고 개
체 수가 줄어드는 반면 서양민들레는 점점 늘어난다. 서양민
들레와 토종민들레의 구분은 꽃받침(총포편)이 아래로 처지
거나 또르르 말려있으면 서양민들레고, 위로 곧게 서면 토종
민들레다. 서양민들레와 토종의 흰 민들레는 덩치가 비슷하
고, 토종 노랑 민들레는 확연히 작다.

꽃이 피는 시기는 토종일 경우 봄에만 피지만 서양민들레는 1년 내내 핀다. 씨앗 생산 수도 차이가 큰데, 토종민들레는 꽃도 작고 씨앗 수도 적다. 더욱이 서양민들레는 씨앗의 크기가 작고 가벼워서 토종보다 더 멀리 날아갈 수 있다. 그리고 서양민들레는 가루받이 상대가 없어도 번식할 수 있다. 이런 현상을 클론clone으로 늘어난다고 하는데 토종은 그렇지 못하다.

일반적으로 서양민들레는 도시 쪽에 주로 많고, 토종은 교외나 시골에 많은데 그 수가 계속해서 줄고 있다. 언뜻 보면 서양민들레가 토종을 쫓아낸 듯 보이지만 그렇지 않다. 인간에 의한 자연 파괴로 인해 토종이 살지 못해 떠난 자리에 서양종이 자리를 차지했을 뿐이다. 그만큼 서양종은 환경 적응력이 강하기 때문이다. 인간 쪽에서 보면 서양민들레가 있어 얼마나 다행인 줄 모른다. 도시의 공터에 서양민들레조차도 없다면 얼마나 삭막하겠는가!

약효는 토종이 월등히 좋은데 그중 흰 민들레가 으뜸이다. 민들레의 어원은 문들레로 본다. 사립문 주위에도 쉽게 보이는 흔한 꽃이었기 때문으로 여겨지고, 다른 이름으로는 안질뱅이, 금잠초라고도 불린다. 민들레 꽃잎은 한 송이에 꽃잎이 100~200개가 모여서 피는데, 홀씨는 평균 123개이고

100~400리까지 날아간다. 그래서 세계 곳곳에 300종이 넘는 품종이 있다고 한다.

땅속뿌리는 줄기의 15배까지 뻗는다고 하니 놀라울 따름이다. 특이하게 꽃이 지고 홀씨가 동그란 하얀 공처럼 맺히면서 꽃대가 기존의 2배 이상으로 훌쩍 자라 홀씨가 바람에 잘 날게 하는 걸 보면 신기할 따름이다. 꽃말은 연인이 좋아할 사랑의 신탁, 불사신, 일편단심이다. 토종 노랑 민들레는 꽃대가 1개로 봄에 꽃을 한번 피우면 끝인데 반해 서양민들레는 겨울인데도 양지쪽에서 꽃을 피운다.

강인한 생명력과 어떠한 환경에도 흔들리지 않는 지조가 우리 민족의 생활상을 닮아 민초에 비유되곤 하는 친근한 식물, 민들레는 그저 바라보는 것만으로도 좋다. 잎은 물론이고 꽃과 줄기, 뿌리 모두 요모조모 쓸모가 많다. 어린잎을 따서 나물로 먹으면 비타민 공급원으로 손색이 없을 뿐 아니라 잘게 썬 뿌리를 말려 볶은 후, 꿀에 타 마시면 몸에 좋은 약재가 된다.

위염을 다스리고 암세포를 죽이며 간을 보호하고 흰 머리카락을 검게 하며 더불어 실용성을 두루 갖추고 있다. 민들레는 포공영(浦公英)이란 한자명이 있는데, 이는 옛날에 포(浦)씨 성을 가진 부녀가 자살하려고 물에 뛰어드는 여인을 구조했다.

이 여인은 유방에 생긴 큰 종기 때문에 죽으려고 했는데, 포씨 부녀가 민들레를 달여 먹여서 병까지 고쳤다. 그래서 포공영이란 이름을 얻었다고 한다.

민들레, 고들빼기, 씀바귀는 모두 국화과에 속한 식물이라 먹어보면 쓴맛이 나고 흰 즙이 나온다. 동의보감에는 이 흰 즙이 사마귀에 바르면 낫게 한다고 쓰여 있다. 민들레는 성질이 차기 때문에 몸에 열이 많으면서 멍울이 잘 잡히고 염증이 많은 사람에게 알맞다. 우리 선조들은 민들레가 9가지 덕을 갖추었다고 하여 구덕초(九德草)라 불렀다. 그래서 옛 서당에서는 민들레를 심어 인성을 본받게 했다고 한다.

씨가 날아가는 곳이면 어디든 억척으로 모진 환경을 이겨냄이 일덕이고, 뿌리를 캐어 대엿새 말린 후에 심거나 뿌리를 몇 토막 내어 심어도 싹이 다 돋아나니 그 끈질긴 생명력이 이덕이다. 한 뿌리에서 여러 송이의 꽃을 피우는데 동시에 피지 않고 차례차례 피니 장유유서(長幼有序)를 안다고 하여 삼덕이라 하고, 비구름이 짙거나 어둠에 꽃잎을 닫으니 선악(善惡)을 헤아린다고 하여 사덕이다. 꿀이 많고 진해서 멀리 있는 벌들을 끌어들이니 정(精)이 많다 하여 오덕이고, 새벽 먼동이 트면 가장 먼저 꽃을 피우니 그 부지런함에 유럽에서는 시계로

부르는 게 육덕이고, 씨앗이 제각각 바람을 타고 날아가 자수 성가하니 그 도전과 자립심이 칠덕이고, 흰 즙이 흰머리를 검게 하고 종기와 학질을 낫게 하니 그 인(仁)이 팔덕이고, 여린 잎은 삶아 무쳐 먹고 뿌리는 된장국으로 끓여 먹으니 살신성인(殺身成仁)이 구덕이다.

우리나라나 미국에서도 마찬가지지만 초록 잔디만을 원하고 있는 정원이나 골프장에는 잡초 취급을 받아, 등유나 황산 등을 이용해 민들레 죽이기에 혈안이 되어있다. 미국에서의 민들레 퇴치 캠페인은 새로운 화학 산업을 발전시킬 정도였다. 민들레는 우리에게 아무런 해도 주지 않는데 사람을 사망에 이르게 할 수도 있는 물질이나 제초제를 사용하고 있다. 하지만 정작 민들레는 그 정도로는 끄떡없는 식물이다. 감수분열 없이 자신의 복제품인 씨앗을 날려 보내는 무수정생식을 하는 민들레의 생존 전략은 정말 대단하다. 회전식 제초기는 씨앗을 훨씬 균일하게 퍼트렸고, 화염방사기는 뿌리만 살아도 끈질긴 생명력을 지닌 이 풀에는 아무런 소용이 없었다.

요즘의 우리나라에는 작은 변화가 감지되는 추세다. 가만히 보면 민들레처럼 예쁜 꽃도 찾아보기 어렵다. 예쁘게 보면 예쁘기 그지없고, 나쁘게 보면 나쁘기 그지없다. 대중가요

의 가사처럼 일편단심의 민들레가 되어 요즘 약효와 더불어
개인 화단에서도 의연한 자기 자리를 차지해 가고 있다. 그리
하여 민들레꽃이 만발한 골프장을 볼 때도 있을지 모르겠다.

민들레

민들레 홀씨가 되고 싶다
이 자리 이 생명 지우는 날
푸른 하늘 날아서 가리
맑은 눈빛 이끄는 대로 가다가 멎는 곳
진토박토 가리지 않고
들고 남이 자유로운
민들레 홀씨가 되고 싶다.

〈민들레〉

쇠비름의
특징과 수난

산과 들에서 저절로 피어나는 우리 꽃, 개량되지 않은 우리 꽃을 두고 흔히 야생화라 부른다. 조금만 도심을 벗어나도 야생화는 여기저기서 반긴다. 계절 따라 피고 지는 야생화가 아름답고 싱그럽고 수수한 모습으로 이 땅 곳곳에서 살아가고 있다.

쇠비름은 원예식물인 채송화와 비슷한 식물인데 채송화보다 훨씬 작은 꽃을 피우다 보니 사람들로부터 외면받는 길옆이나 밭에서 흔히 자라는 한해살이풀이다. 유난히 여름철의 뜨거운 햇볕을 좋아하는 식물이다. 한여름 대낮의 뙤약볕 아래서는 모든 식물이 시들시들해져 잎이 축 늘어지지만, 쇠비름은 햇볕이 강할수록 오히려 더 생기 있는 모습을 보인다. 쇠비름은 잎과 줄기에 수분을 많이 저장하고 있어서 아무리 가

물어도 말라 죽는 법은 없다.

 쇠비름은 노란색의 조그마한 예쁜 꽃을 피운다. 꽃 중앙부에 12개의 수술이 빼곡하게 나 있다. 이 수술을 작은 나뭇가지로 살짝 건드려 보면 건드린 쪽으로 일제히 몸을 굽힌다. 벌이 온 줄 알고 꽃가루를 묻히겠다는 행동이다. 꽃이 지고 열매가 익으면 모자를 벗기듯 뚜껑을 열면 까만 씨가 가득하다. 밭매러 가는 어머니를 따라가 누나와 쇠비름을 뽑아 들고 큰방 불 켜라 작은방에 불 켜라며 몇 번 뿌리를 쓰다듬으면 신기하게도 흰색의 뿌리는 빨갛게 변한다. 아이고, 지독한 것이라며 호미 끝에 뽑힌 쇠비름을 어머니가 훌쩍 던졌는데 용케 솔가지 위에 걸리면, 오늘은 솔가지 탔네 하고 헤헤 실실 어머니를 놀린다. 며칠 솔가지 위에서 쪼그라져 땅으로 뚝 떨어지면 그 자리에서 이슬을 맞고 뿌리를 내리며 통통 살이 오르는 끈질긴 생명력을 지녔다.

 쇠비름이 보통 식물과는 달리 가뭄에 강한 이유는 CAM이라 불리는 특별한 광합성 시스템을 갖고 있기 때문이다. 광합성이란 빛 에너지를 써서 물과 이산화탄소에서 당을 만들어 내는 활동을 말한다. CAM 시스템에서는 기공의 개폐가 일반

식물과는 완전히 거꾸로다. 수분 증발이 적은 밤에 숨구멍을 열고 이산화탄소를 받아들여서 저장해 둔 뒤 낮이 되면 숨구 멍을 닫고 저장해둔 이산화탄소를 재료로 광합성을 하는 것이다. 낮에 숨구멍을 열면 수분 증발이 많기 때문이다. 선인장처럼 메마른 곳에서 사는 식물은 대개 쇠비름과 같은 광합성 시스템을 갖고 있다. 그뿐만 아니라 잎 표면은 단단한 큐틴 질로 싸여있고 두툼한 잎 속에는 다육질이 많아 이중 삼중의 장치로 수분이 달아나는 것을 막고 있다.

쇠비름은 희한하게 뿌리는 희고, 줄기는 붉고, 잎은 푸르고, 꽃은 노랗고, 씨는 검어 오행을 상징하는 색을 갖추었다 하여 오행초라고 부른다. 그리고 잎 모양이 말 이빨을 닮았다 하여 마치채(馬齒菜)란 이름도 가졌다. 또 일본에서는 줄기가 붉다는 데서 주정꾼 풀이니 술꾼풀로도 불린다. 이 쇠비름의 잎과 줄기에는 끈적이는 물질이 많아서 밟으면 미끄러지기도 한다. 잎에는 육질이 많아서 소금물에 데쳐서 햇볕에 바짝 말려 나물로 해 먹으면, 맛도 일품일 뿐 아니라 장을 튼튼하게 한다. 또 피부가 깨끗해지고 몸속의 나쁜 독소를 청소하는 역할을 도와 오래 살게 한다고 장명채(長命菜)라고도 한다. 옛날에는 기쁜 일이 있을 때면 쇠비름을 현관 처마에 걸었다고 한다. 늘 푸름을 잃지 않는 강한 생명력을 기리기 위한 행위라 생각된다.

쇠비름은 이름으로 보면 비름과 같은 과로 생각하기 쉽지만, 비름과가 아니고 쇠비름과다. 아마 나물로 만들어 먹으면 비름과 맛이 비슷하여 쇠비름이 되었다는 설이 유력하다. 원산지가 인도인 비름은 쇠비름보다 나물로 더 인기가 있는데, 근래에는 병충해도 강하고 척박한 토양에도 잘 자라기 때문에 하우스 재배지도 점점 늘어나는 추세다. 예부터 쇠비름은 이질이나 만성 장염을 치료하는 약으로 인기가 좋았다. 세균성 설사에 쇠비름 생즙을 복용하면 설사가 멎고 입맛이 살아나는 효과가 있다. 또 쇠비름 씨를 가루로 내어 물에 타 마시면 눈이 밝아지고 눈병을 치유할 수 있다.

신라 시대 역병에 걸린 며느리를 텃밭 구석에 움막을 짓고 살게 했는데, 얼마를 지나 텃밭에서 비름과 쇠비름만을 뜯어 먹은 며느리가 완쾌되어 집으로 들어가니 시부모와 남편 모두가 역병에 걸려 죽어있었다고 한다. 이에서 보듯 면역력에 탁월한 효능을 보인 이 쇠비름이 2010년쯤엔 수난이었다. 면역력에 좋다는 방송을 탄 후 멸종이 될까 두렵더니, 2~3년 지나니 밭의 쇠비름은 원래의 개체 수로 회복했다. 너도나도 즙을 내어 먹고 나물로 해 먹어도 약효가 금방 나지 않으니 인기가 시들해진 탓이다. 무엇이든 효과를 보려면 3개월 정도 꾸준히 장복해야 하는데, 긴가민가하여 사람 대부분은 몇 번 해보고 바로 싫증을 느낀다. 어떤 면에서는 우리나라 사람의 이런 현상도 식물을 보호해야 하는 측면에서는 다행이다.

쇠비름

참 모진 풀도 다 있다.
그 풀은 억새처럼 강하여 손도 베이지도 않고
질경이처럼 질기지도 않다.
그저 만지면 부드럽고 감촉이 좋으면서 잘 부러진다.
뿌리도 깊게 내리지 않고 옆으로 퍼진다.
그런데 왜 모질다는 표현을 했을까?
햇볕이 쨍쨍 내리쬐는 날
뿌리째 뽑아 나무 위로 던져버리고 아침에 가서 보면
이슬을 먹고 살아있다.
햇볕이 또 쨍쨍 내리쬐면 시들시들해져 몸집이 줄어드니
땅에 떨어져 근근이 살아있는 척하다

며칠 뒤에 보면 언제 그런 일이 있은 양 방글댄다.

뽑아서 흙을 털고 던져버리면

다른 풀들은 다 죽는데 혼자서 산다.

아무리 생각해도 모진 풀이 아니라 신비한 풀이라는 이름
이 더 어울린다.

채송화와 선인장을 닮은 이 쇠비름의 우수 형질을 어떻게
하지?

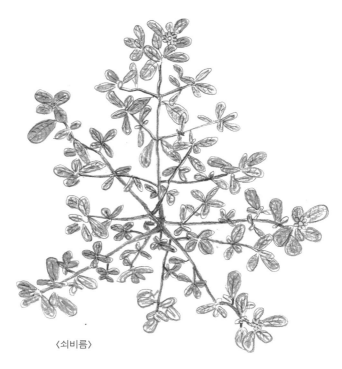

〈쇠비름〉

겨우살이
(mistletoe)

겨우살이는 겨우겨우 살아간다고 겨우살이가 되었다는 설과 겨울에 푸른 잎을 띄며 잘 살아간다 해서 겨울살이 겨울살이 하다가 겨우살이가 되었다는 설이 있다. 둘 다 의미는 있지만 겨우살이에 직접 물어보면 후자를 택할 것 같다. 왜냐하면 겨우살이는 결코 겨우겨우 살아가는 식물이 아니다. 숙주인 나무에 붙어서 숙주보다 더 강한 생명력을 보인다. 나뭇잎이 다 떨어진 추운 겨울이 오면 겨우살이는 싱그러움이 더욱 두드러진다. 정말 겨우살이는 겨우겨우 살아가는 게 아니라 꼿꼿이 숙주 나무에 뿌리를 내려 겨울에도 광합성을 하며 잘 살아간다고 답을 할 것이다.

유럽이나 미국에서는 겨우살이를 매우 신성시 여겨서 황금

가지라고 부르며, 겨우살이가 달린 참나무 밑에서 입맞춤을 하면 결혼한다는 미신이 있다고 한다. 기독교 시대 이전의 겨우살이는 남성성의 상징이었다. 켈트에서는 겨우살이를 동물의 불임 치료와 해독제로 사용했다. 우리나라에는 겨우살이를 집에 걸어두면 뱀이나 지네 같은 사람에게 해로운 동물이 들어오지 못하고, 역병이나 귀신을 피할 수 있다고 믿었다. 겨우살이는 크리스마스 장식에도 일반적으로 사용되고 있으며, 크리스마스카드와 문양에 다양하게 사용된다. 서양의 풍습에 따르면 크리스마스 장식에 사용되는 겨우살이는 나뭇가지에서 채취할 때부터 집에 매달아 놓을 때까지 바닥에 닿지 않도록 한다. 땅에 닿으면 효력을 잃은 것으로 간주한다. 장식으로 사용된 겨우살이는 다음 크리스마스 때까지 일 년 내내 매달아 놓고 액운이나 화재로부터 집을 보호해 달라고 기원한다.

겨우살이는 암수딴그루로 특이하게 땅에 뿌리를 내리지 않고 나무에 얹혀산다. 나뭇잎이 떨어지는 가을이 되면 마치 까치집 모양 둥그런 모습이 드러난다. 겨우살이는 다른 식물의 나뭇가지에 흡기(haustoria)를 내려 양분을 빼앗아 살아가는 기생식물이다. 겨우살이는 다양한 종류의 나무에서 기생을 할 수 있는데 그 종류 또한 다양하다. 대부분 기생식물은 스스로 광합성을 할 수 있는 반기생식물이다. 그렇지만 양분과 수분은 스스로의 뿌리를 사용하지 않고 숙주 식물에 흡기를 꽂아 섭취한다.

　이른 봄에 핀 황색의 작은 꽃이 10~11월에 황록색의 작고 동그란 열매가 달리면, 새가 쪼아 먹어 겨우살이 씨앗과 끈적끈적한 열매의 살은 잘 소화되지 않아서 새똥으로 그대로 나온다. 이 새똥이 나뭇가지에 묻게 되거나, 새가 겨우살이 열매를 먹고 난 뒤 나무껍질에다 부리를 비벼 닦는 과정에서 씨앗이 옮겨진다. 이렇게 새가 옮긴 씨앗은 끈끈한 열매 살이 접착제 역할을 해 나무에 딱 달라붙는데 씨앗은 나무껍질을 비집고 뿌리를 내리는데 겨우살이가 자리를 잡고 싹이 나오기까지는 5년 정도가 걸린다고 한다. 겨우살이가 10개나 붙은 나무도 잘 살아간다. 하지만, 겨우살이가 살아가는 숙주 나무는 양분을 빼앗겨 더디게 자라고 수명도 짧다. 겨우살이도 광합성으로 얻은 양분을 주고받으며 서로 공생을 하는 것이 아닌가 여겨지는데 아직도 밝히지 못하고 있다.

　겨우살이가 최근에 암과 간에 좋다는 소문이 퍼져 수난을 당하고 있다. 사실 유럽과 미국에서는 미슬토(mistletoe)라 부르는데, 암처럼 기생하는 모습을 보고 약재로 사용한 지가 100년이 넘었다고 한다. 현재는 암 면역 치료제로 인기가 높고, 또 600여 개의 다양한 단백질이 함유된 겨우살이는 렉틴,

비스코톡신, 다당류, 알칼로시스, 이스카도르 등의 다양한 성분이 포함되어 있는데, 이 중에서도 렉틴과 비스코톡신이 항암 작용에 효과가 크다고 한다. 최근에 겨우살이 추출물 이스카도르(iscador)가 미국에서 화제가 된 적이 있는데, 이는 인기 배우이자 작가이며 사업가이기도 한 수잔 소머스(Suzanne Somers)가 유방암 치료 후에 화학적 요법 대신에 이 추출물을 사용했기 때문이다.

동의보감에서도 겨우살이를 달인 물을 먹으면 신경통과 호흡기 질환에 좋은 것으로 나와 있고, 이뇨 작용과 고혈압 치료에도 도움이 되고, 당뇨에도 효과가 있는 것으로 설명하고 있고, 노화 방지와 관절염에도 좋다고 한다.

이 겨우살이가 높은 데 달려있으니 톱을 가지고 다니며, 겨우살이가 달린 나무를 베어버리는 못된 짓을 저지르는 사람들이 있다. 실지로 효과가 있으면 얼마나 있겠는가? 다 부질없는 짓으로 힘들게 모아 팔지도 먹지도 못하고 결국 버린다. 나무를 베어 넘기는 그 죄를 어떻게 감당하려 하는지 모르겠다.

〈겨우살이〉

정겨운 이름 퉁퉁마디,
꼭두서니, 으아리

- 퉁퉁마디

언뜻 보면 똑같아 보이는 자연은 분명 어제와 다른 빛깔을 간직하고 있다. 눈이 녹은 자리에 싹이 움트면서 자연은 서서히 연둣빛으로 물들어 간다. 겨울은 우리가 모르는 사이 땅속에서 봄을 피우려 준비하고 있었던 것이다. 지천으로 피어나는 봄꽃은 수줍은 산골 처녀처럼 어여쁘고 수수한 모습으로 우리를 반긴다. 그중에는 질병을 치유하는 신비로운 효능을 지닌 약초가 많다.

생명의 온기가 감돌고 따뜻한 온기가 느껴지는 들꽃을 잘 활용해 대자연이 주는 신비로움을 느껴보는 것도 봄을 즐기는 또 하나의 즐거움이다. 아름다움은 꽃의 화려함에만 있지 않다. 조금만 주의를 기울여 작은 풀을 들여다보면 그 안에 얼마나 큰 아름다움이 숨어 있는지를 알 수 있다. 풀은 아름다움뿐만이 아니라 우리 몸에 좋은 약이 되기도 한다. 사람들은 그것을 잘 모르기에 수더분한 모습을 그냥 지나치거나 무심히 밟고 지나가기도 한다.

갯벌에 서식하는 함초(鹹草)는 우리에게 더 친숙한 '퉁퉁마디'라는 이름으로 불리는데, 그 말이 정겹기까지 하다. 줄기 마디마디가 튀어나오고 퉁퉁하다고 하여 붙여진 이름인데, 한해살이 식물로 산호를 닮았다 하여 산호초로 불리기도 한다. 잎은 없고 막질의 작은 비늘조각으로 되어있으며 꽃은 녹색으로 8~9월에 핀다. 함초는 은행나무나 소철처럼 진화하지 않은 고생식물의 형태를 그대로 지니고 있다. 우리나라에서는 주로 서해안 갯벌에 자생하는데, 여름이 끝나갈 무렵과 초가을, 바다와 만나는 갯벌 주위에 빨갛게 자란다.

육지 식물 중 귀하게 소금기를 먹고 자라는 식물인데 군락을 이루는 식물을 자세히 들여다보면 해홍나물, 칠면초, 나문재 등과 함께 살아간다. 전신에서 짠맛이 나는 퉁퉁마디는 식

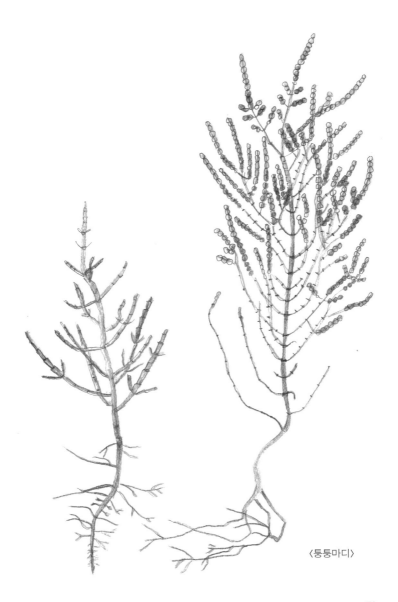

〈퉁퉁마디〉

물성 섬유질을 다량 함유하고 있을 뿐만 아니라 칼슘은 우유의 5배, 칼륨은 감자의 7배, 철은 김의 40배가 들어있으며 바닷물 속에 들어있는 90여 가지의 미네랄을 골고루 함유하고 있다. 퉁퉁마디의 갖가지 미량 원소와 효소는 지방질을 분해해 숙변 제거를 도와 변비에 좋고, 비만 치료뿐만 아니라, 특히 기미, 주근깨 치료는 물론 피부미용에 탁월하다고 한다.

명아줏과인 이 퉁퉁마디가 현대 과학의 발달로 그 약효가 끝없이 밝혀지고 있는데, 특히 두뇌를 활성화하여 기억력과 집중력을 높이고 치매 예방에 탁월한 효능이 입증되어 세간의 집중적인 관심을 받고 있다.

– 꼭두서니

꼭두각시놀음에 나오는 인형처럼 생긴 앙증맞은 연한 노란색 꽃이 꼿꼿하게 곧추서 있는 모습의 여러해살이 덩굴 초본 꼭두서니는 산지의 숲이나 들녘에서 흔히 볼 수 있는데, 봄철에 어린 순은 나물을 해 먹는다. 꼭두서니는 줄기에 난 갈고리 같은 짧은 가시 탓에 모르고 지나치다 걸리기라도 하면 짐짓

남녀의 사랑싸움처럼 바짓가랑이를 잡히기 일쑤다.

꼭두서니의 이름에 관해서는 이야기가 다양한데 세종 때 구급치료 의학서인 "구급간이방언해(求急簡易方諺解)"에는 곱도불

〈꼭두서니〉

휘(꼭두서니 뿌리), 조선 후기 어휘집인 물보(物譜)에는 "꼭도
손이"라고 전해 내려오며 지금의 꼭두서니로 정착되었다. 남
사당패의 우두머리인 "꼭두쇠"의 복장에서 따왔다는 설과 석
양 노을이 붉게 물든 하늘을 꼭두서니 빛 하늘이라 불렀던 옛
선조의 말에서 알 수 있듯이, 잇꽃과 함께 뿌리는 붉은색 물
감의 원료로 사용되다가, 빛깔의 이름을 따서 불렸다는 설도
전해져 내려온다.

한방에서는 뿌리를 천근(茜根)이라 하며, 신장과 방광의 결
석을 제거하는 데 이용하면, 몸 안의 결석이 부풀려져 소변과
함께 배출되는 효능이 있고, 여성의 생리불순과 출혈증세에
도 특효가 있어 나쁜 피를 제거하고 뼈를 튼튼하게 한다고 한
다. 각진 줄기에다 보랏빛 매듭에 사방팔방으로 일정하게 돌
려나기로 잎을 펼친 꼭두서니를 쳐다보고 있으면 절로 웃음
이 나오는 풀이다.

- 으아리

한여름 녹음이 우거진 산기슭으로 하얀 눈이 내린 듯한 착

각을 할 정도로 곱고 단아한 으아리 꽃 모습을 발견했을 때의 기쁨은 이루 말할 수 없다. 청초한 외모와는 달리 순박한 우리네 이름을 가진 으아리는 발견하는 순간 너무 놀라 "으아"라고 했다 하여 으아리가 됐다고 하나, 사실은 뿌리의 뭉쳐진 모습을 표현한 응어리에서 변형되어 으아리가 되었다 한다.

중국에서는 약초의 성질이 위엄 있고 신선과 같이 영험하다 하여 위령선(威靈仙)이라 한다. 긴 잎자루가 덩굴손처럼 다른 물체를 감아 오르다 6~8월이 되면 가지 끝이나 잎겨드랑이에서 하얀 꽃이 곱게 피는데 실은 꽃잎은 없고 꽃잎처럼 보이는 꽃받침조각이 4~5개 피어오른다.

나무꾼이 칡을 발견하지 못하면 으아리 줄기를 대신 사용했는데, 꽃이 특이하여 경사가 있는 정원 한쪽에 심어두면 심심산골의 정취가 물씬 풍긴다. 위령선이란 이름이 풍기듯 관절염이나 천식 환자에 효험이 크다. 잎과 줄기 40g 정도를 약 1L의 물에 매일 끓여 마시면 요로결석과 방광염까지도 좋아진다고 한다.

꽃말이 '마음이 아름답다'라는 순백의 아름다운 이 꽃은 관상용으로 인기가 높은데, 이 약효 때문인지 깊은 산속이 아니면 쉽게 구경할 수가 없는 게 문제다.

〈으아리〉

겨울 문턱 고고한
자태 용담(龍膽)

찬바람이 옷깃을 스미는 겨울의 문턱, 제법 쌀쌀한 기운이 감도는 대지에 다소곳이 가느다란 허리를 풀숲에 기대어 오가는 산행 꾼에게 가을의 마지막 야생화로 기쁨을 주는 꽃이 용담이다. 가을의 끝자락에서 찬 서리가 내릴 때 민가 화단엔 국화와 메리골드, 들에는 들국화와 쑥부쟁이, 산에는 용담이 겨울의 문턱에서 고고한 자태를 뽐낸다.

산행 길옆 풀숲에 용담이 쪽빛보다 더 진한 남빛 꽃을 피웠다. 용담꽃은 가을하늘 빛인 듯 맑은 물빛인 듯한 진한 파란색으로 인해 우리에게 사랑을 받는다. 단아한 꽃 모양과 고매한 꽃의 색깔 때문에 원예종으로 개발되어 시중에 팔리고 있지만, 자연의 색과 원예종의 차이는 분명히 차이가 있다. 비로드

빛깔의 푸른 용담의 맑음은 산중의 꽃이 감히 범접을 못 한다. 하늘빛과 어울린 청아함은 이가 시릴 정도다. 그런데 꽃으로 사랑을 받기보다는 약초로 더 사랑을 받는다.

용담은 해발 700~1,200m 고봉에서 청아한 보라색 꽃을 피운다. 활짝 핀 꽃잎은 하늘을 향해 그 끝이 말려있고, 아랫부분은 봉긋하게 부풀어 있다. 늦가을 산행을 하다 풀 섶에 파스텔의 부드러운 고동색의 가느다란 줄기에 작은 종(鍾) 모양의 청초하고 애련한 용담이 하늘을 향하고 있는 모습을 보면 이 세상의 온갖 번뇌가 사라지며 평온함이 밀려오는 것 같다.

용담은 맛이 몹시 쓰다. 용담은 위와 간의 질병에 매우 좋은 약이다. 용담 뿌리의 쓴맛은 겐티오피크린이라는 물질인데 이 쓴맛이 입안의 미각을 자극하여 위액을 잘 나오게 하고 위와 장의 운동기능을 높이며 갖가지 소화액이 잘 나오게 한다. 용담 뿌리에는 또 알칼로이드라는 성분이 있는데, 이 성분은 매우 강력한 항암 작용, 항염증 작용, 진통 작용을 한다. 거기다 혈압과 열을 내리고 염증을 삭히는 작용이 매우 강하다.

생명력이 강한 용담은 뿌리의 맛이 웅담(熊膽)보다 더 쓴맛이 나서 용의 쓸개란 의미로 붙여진 이름이다. 좋은 약은 입에 쓰다는 속담을 증명하듯 쓴맛이 강한 용담의 뿌리와 뿌리줄기를 한방에서는 위장을 보하고 습진을 다스리는 약재로 사용한다. 용담의 강한 쓴맛은 미각신경을 자극해 위액과 침의 분비를 촉진해 위장과 장의 분비를 활발히 해주므로 만성위염이나 식후 복부팽창 증상에 용담과 더덕 3g씩 넣고 달여 마시면 좋다.

여러해살이풀 용담의 꽃말은 "정의, 긴 추억, 당신의 슬픈 모습이 아름답다"이다. 용담에 전해오는 전설이 있다. 옛날 효심이 지극한 나무꾼이 나무를 하다가 사냥꾼에 쫓기던 토끼를 나뭇짐에 숨겨주어 목숨을 구해주었다. 그해 겨울눈이 내린 산에 토끼가 땅을 파고 뭔가를 하고 있어 가보니 지난번 그 토끼가 용담 뿌리를 핥고 있었다. 토끼는 나무꾼에게 먹어보라는 시늉을 해 나무꾼이 뿌리를 캐어 맛을 보니 지독하게 썼다. 화가 난 나무꾼이 은혜를 모르는 토끼라며 잡으려고 하자 갑자기 토끼가 사라지고 산신령이 나타났다. 내가 바로 네가 살려준 토끼다. 네가 날 살려준 은혜에 보답하기 위해 네게 이 약초를 알려주는 것이다. 이 말을 듣고 나무꾼은 위장병으로 앓아누워계신 어머님께 달여 드렸다. 신기하게도 어머니는 며칠 뒤 씻은 듯이 나았다. 나무꾼은 이 약초를 산신령이 내려준 것으로 생각하고, 많은 사람에게 팔아 잘 살았다고 한다. 그 당시에는 용담의 이름이 영초(靈草)였다.

용담

어떤 그리움이기에
온종일 하늘만 쳐다볼까?
가을의 끝자락 물고 보랏빛 입술로
높은 산 바위 밑 길섶에서
애잔한 풀벌레 소리
나팔에 실어 부는가?
청초하고 애련한
가냘픈 허리 풀숲에 기댄 체
임 향한 그리움만으로 찬 서리에 맞서며
가을 흔적 겨울로 넘기네.

〈용담〉

소박한 아름다움을 지닌
약용식물

- 깽깽이풀

꽃의 아름다움이 단순히 그 화려한 외모에만 있는 것이 아니듯, 우리 몸에 약이 되는 꼭 필요한 약초는 아름다움과 전혀 관계없는 외형을 가지고 산과 들에 널려있다. 그래서 때로는 우리가 무심히 밟고 지나치는 작은 풀들에 관심을 가지고 쳐다보면, 그 안에 얼마나 큰 아름다움과 약재로서의 중요성이 숨어 있는지를 알 수 있다.

이른 봄에 보랏빛으로 피는 깽깽이풀의 세밀화를 통해 자세히 살펴보자. 이른 봄에 보랏빛의 꽃이 아름답게 피는 깽깽이풀은 관상용으로도 손색없는 약용식물이다. 꽃이 피면 그 모습이 아름다운 꽃의 한 표준을 보는 듯하다. 사람도 너무 아름다우면 성형미인으로 오해받듯이 지상에 실재하는 꽃이 아닌 그림 속에서나 볼 수 있는 꽃 같은 깽깽이풀. 동그란 잎은 연잎을 닮아 연잎을 축소한 모양을 하고 있으며 비가 와도 젖지 않아서 빗방울이 떨어지면 진주처럼 때구루루 구른다.

한방에서는 연잎 같은 모양의 이름을 따서 황련(黃蓮)이라고 부른다. 깽깽이풀은 줄기와 뿌리를 9~10월에 채취하여 잔뿌리를 제거하고 햇볕에 말린 것을 약용으로 쓴다. 예로부터 갓 태어난 아기의 입 안을 닦아주는 데 이용되어왔는데, 이것은 신생아의 체내에 쌓인 태열을 내리기 위함이었다. 사람의 몸에 열이 나면 피로가 쌓이고 순발력과 지구력이 떨어진다. 이럴 때 황련, 황금, 황백, 치자를 각각 4g에 물 두 대접을 붓고 물이 반으로 줄어들 때까지 졸인 다음 하루에 두잔 씩 마신다. 이 처방은 열독을 내리는 해독제로 체온이 오르면서 생기는 체력 저하를 방지할 뿐 아니라 얼굴이 열로 벌겋게 달아오르는 증상과 피부염과 불면증 등에도 탁월한 효능을 보인다.

〈깽깽이풀〉

- 족두리풀

족두리풀은 쥐방울덩굴과의 여러해살이풀로 늦은 봄 두 장의 잎 사이에서 둥글납작한 항아리 모양의 흑자주색 꽃이 피고 씨는 20개 정도 열린다. 어찌 보면 귀여운 생김새지만 검은색에 가까운 자줏빛에서 어쩐지 깊은 애환이 서린 것 같은 느낌이 들어 선뜻 마음이 가닿지 않는다. 가슴 깊이 연모하던 한 남자를 남겨두고 먼저 저세상으로 떠나면서 봄만 되면 결혼하고픈 마음에서 족두리 꽃으로 피어나는 것은 아닐까 하는 환생을 생각하게 하는 꽃이다.

꽃잎의 모양이 새색시가 시집갈 때 머리에 쓰던 족두리를 쏙 빼닮았기에 족두리풀이란 이름을 얻었다. 잎은 땅속의 뿌리줄기에서 2장씩 나며 잎자루가 길고 전체적으로 보면 염통 모양이다. 족두리풀은 5~7월에 뿌리까지 깨끗이 손질해 그늘에서 말린 후 약재로 쓴다. 이때 물로 씻거나 햇볕에 말리면 족두리풀 고유의 매운 향이 없어지고 잎과 뿌리가 변색하므로 주의해야 한다. 한방에는 시고 매운맛 때문에 세신(細辛)이란 이름으로 불린다.

〈족두리풀〉

편두통이 있을 때 웅황과 족두리풀 가루 낸 것 1g을 왼쪽 머리가 아플 때는 오른쪽 코에 넣고, 오른쪽 머리가 아플 때는 왼쪽 코에 넣으면, 두통이 가라앉는다.

기관지염으로 가래가 나오는 기침과 구내염 등에는 족두리풀을 달인 액으로 양치질한다. 특히 치아가 자주 시리고 아픈 경우 물 한 컵 반에 족두리풀 8g을 넣고 10분간 끓인 물을 입에 머금었다가 뱉으면 효험이 있다.

- 더덕

요즈음 건강을 위한 참살이 식단으로 주목받는 산나물이나 약초는 우리 선조가 즐겨 먹던 음식이었다. 약과 음식은 근원이 같다는 뜻의 약식동원(藥食同源)이라는 말이 있다. 즉 우리 식단에 자주 오르는 음식을 고루 섭취한다면 사람의 몸을 이롭게 해준다는 뜻으로 섭취하는 음식이 바로 보약이다. 주변을 둘러보면 늘 가까이 있으면서도 그 효능을 잘 모르는 약용식물이 많다. 이런 약용식물의 효능을 제대로 알고 먹는다면 그것이 바로 참살이의 지름길이 아닐까. 잎, 줄기, 뿌리까지 모두가 몸을 위한 보양식이 되고 약용으로도 가치가 뛰어난 더덕을 살펴보자.

숲속 그늘에서 자생하는 초롱꽃과의 더덕은 8~9월에 종 모양의 어여쁜 꽃이 핀다. 짧은 가지 끝에서 땅 밑을 보며 수줍은 듯 매달린 더덕 꽃은 산들바람이 스치기만 해도 그 향내가 코끝을 자극한다. 다른 식물도 나름의 향기가 있지만 그윽한 더덕 향은 입맛을 돋우는 귀한 반찬으로도 그만이다. 맛과 향을 그대로 느낄 수 있는 생채나 구이에서부터 장아찌 등으로 활용되는 더덕은 우리 몸에 부족한 음기를 더하며 폐와 위를 보한다.

예로부터 우리 선조는 더덕을 사삼(沙蔘)이라고 하여 인삼, 현삼, 만삼, 고삼과 함께 오삼(伍蔘) 중 하나로 귀하게 여겼다. 더덕은 인삼에 버금가는 사포닌 성분을 함유해 허약해진 위를 튼튼하게 하는 건위(健胃) 작용과 폐 기능을 강화해 준다. 콜레스테롤을 분해하는 효과가 있어 높은 혈압을 내리는 작용이 탁월해 꾸준히 복용하면 성인병 예방과 치료에도 도움이 된다. 또 더덕 잎줄기를 말려두었다가 뜨거운 물에 넣고 우려낸 물로 목욕을 하면 더덕 고유의 향기가 풍기는 가운데 원기 회복과 더불어 스트레스 해소에도 탁월하다.

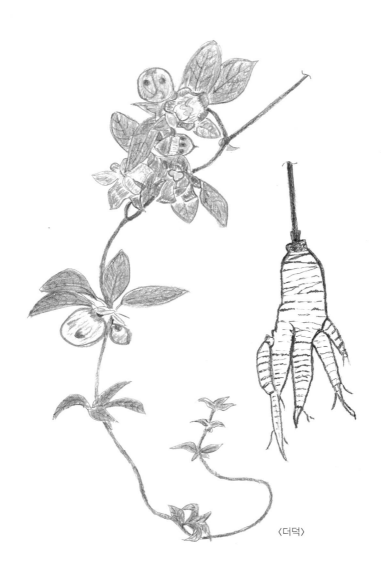

〈더덕〉

채소, 과일의 색과
인체의 신비

하루에 3번 6가지 이상 채소 과일을 5색으로 맞춰 먹자는 365 캠페인이 있었다. 그렇게 하면 1년 365일 가족 3대가 6대 암과 5대 생활 습관병에서 자유롭게 된다는 취지에서다. 신기하게도 같은 계열의 색을 가진 농산물은 비슷한 영양소가 들어있다는 것이다. 색깔별로 어떤 기능이 있는지 알아보자.

첫째: 고추, 사과, 토마토, 오미자 등 붉은색 농산물은 리코펜과 캡사이신이라는 영양소가 있는데, 심장과 소장이 붉어서 두 장기의 기능 활성화에 도움을 줄 뿐 아니라 혈액이 굳는 것도 막아준다. 고추에 들어있는 비타민C는 귤의 9배나 된다고 한다.

둘째: 푸른색 농산물은 간과 담, 근육에 좋은데 시금치, 녹

차, 매실, 배추, 상추, 브로콜리 등에 영양소가 많아 기억력 향상에 좋을 뿐 아니라, 손상된 세포치료에 좋다.

셋째: 흰색 농산물 마늘, 무, 양파, 도라지, 양배추 등은 백색인 대장과 폐에 활력을 줄 뿐 아니라 살균과 항균작용을 하는데, 마늘이 세균을 죽이는 능력은 웬만한 항생제보다 세다. 중국인들이 기름진 음식을 즐기는데 심장병에 잘 안 걸리는 이유는 양파를 많이 먹기 때문이라 한다.

넷째: 가지, 포도, 복분자, 머루 등 보랏빛 농산물은 간의 활력을 도우며, 혈관의 찌꺼기를 제거해 피로 해소에 도움을 준다.

다섯째: 검정 쌀이나 검정콩, 검정깨 등 검은색 농산물은 신장과 방광에 좋은데, 세포가 늙는 것을 막고 장복하면 얼굴빛이 좋아지고 머리가 빠지는 것도 예방이 된다.

여섯째: 감, 고구마, 호박, 당근, 오렌지, 카레 등은 위와 비장에 좋은데, 노랑 계열의 농산물은 나쁜 콜레스테롤을 없애고 암을 예방하는 데 도움이 된다. 또 해독작용이 뛰어나 아토피 치료에도 효과적이다.

왜 조물주는 채소와 과일의 색을 이처럼 사람의 오장육부의 색깔로 만들어 놓았을까?

왜 사람의 오장육부처럼 지구도 오대양 육대주로 나뉘어 있을까?

왜 지구의 물의 양이 70%인데 사람 몸의 수분이 70%일까?

왜 사람을 소우주(小宇宙)라 여기며 경건히 다루라 했을까?

인체는 참 신비롭다. 독일 레겐스부르크 대학에서 신의 손으로 추앙받는 손흥도 한의사에 의하면, 우리 몸은 비우면 채워지고, 채우면 비워진다. 좀 더 구체적으로 설명하면 간, 심장, 비장, 폐장, 신장의 5장이 있는데, 음(陰)의 장부로 가득 채우려는 성질이 있다. 반면 담낭, 소장, 위장, 대장, 방광, 삼초는 육부로서 양(陽)의 장부인데 비워내야 편안하다. 그래서 오장이 채워지면 육부가 비워지고, 육부를 비워내면 그 힘으로 오장이 채워진다고 한다.

몸의 통증은 나에게 말을 하는 것이다. "통즉불통(通卽不通)" 기혈이 통하면 아프지 않고, 아프면 기혈이 통하지 않는다는 뜻이다. 몸은 어딘가 막히면 통증으로 말한다. 그래도 못 알아들으면 마비가 온다. 마비도 몸의 언어다. 통증 다음은 마비가 온다고 한다.

사람이 한 그루 나무라면 단전은 그 뿌리에 해당한다. 여자의 자궁도, 남자의 정(精)도 거기에 있다. 뿌리 깊은 나무는 바람에 흔들리지만 넘어지지 않는다. 그래서 하루에 한 차례에 50번씩 세 차례 항문을 조여 주라. 단전을 잘 키우고 단련해야 건강해지는 이유라고 힘주어 말한다.

단전은 생각이나 마음과도 연결이 된다. 단(丹)은 마음이고, 전(田)은 몸이다. 단전은 뇌와 연결돼 있다. 화나 짜증을 내 보라. 금방 단전이 막힌다. 빙긋이 웃어보라. 금방 단전이 열린다. 단전에 집중하면 머리로 올라갔던 화기(火氣)가 배꼽 밑으로 내려온다. "우리 몸속에 문제와 답이 함께 있다"몸에 이상이 있으면 내 몸이 먼저 말을 한다. 통증도 말이고 피로함도 말이다. 배고픔도 말이고 배부름도 말이다. 머리 아프고 배 아픈 것도 마찬가지다. 그러니 몸이 하는 말에 내가 대답을 해주어야 한다. 피로하면 쉬어주고, 졸리면 자야 한다. 우리의 몸은 스스로 정상이 되고자 하는 항상성이 있다. 거기에 귀를 기울여라. 건강의 답도, 치료의 답도 모두 거기에 있다고 한다.

2
장
—

사람의 이웃,
동물

바다의 우유
굴(oyster)

　굴은 이매패강 굴목 굴과에 속하는 연체동물이다. 이매는 두 장, 패는 조개라는 뜻으로 껍질이 두 장인 조개를 말한다. 굴은 굴조개, 석굴, 석화, 어리 굴 등으로 불리기도 한다. 따뜻하고 온화한 대양연안에 서식하는 굴은 세계적으로 100여 종이 있는데, 우리나라에는 10여 종이 수확, 양식되고 있다. 그중 제일 많이 분포하고 판매되는 굴은 참굴이다.

　우리나라는 다른 나라에 비해 싱싱한 굴을 가장 저렴하게 먹을 수 있는 몇 안 되는 나라 중 하나다. 누가 뭐래도 굴은 겨울 바다에서 따야 제 맛이다. 입 안 가득 퍼지는 알싸한 향이 그렇고, 오래도록 입안에 맴도는 진한 여운이 그렇다. 그래서 다들 굴은 겨울에 먹어야 제 맛이라며 입맛을 다신다. 굴은 늦

가을부터 이듬해 겨울까지가 제철인데, 이 시기의 굴은 그 영양과 맛이 절정에 이른다.

보리가 패면 먹지 말라는 우리 속담과 R자가 없는 달(5~8월)은 피하라는 영국 속담은 굴을 제철에 먹으라는 말이다. 날씨가 따뜻해지면 굴이 쉽게 상해 식중독에 걸릴 위험이 크기 때문인데, 실은 이때가 굴은 암놈이 되어 난자를 살포하여 몸이 물러지기 때문이다. 산란기에는 비브리오균, 살모넬라균, 대장균 등이 있어 주의해야 한다.

굴은 자웅 교대성 동물이다. 자웅 교대란 어떤 달에는 암놈 어떤 달에는 수놈이 된다는 말이다. 영어 알파벳을 보면 1월에서 4월까지 R자가 들어있고, 5, 6, 7, 8월은 R자가 없다가 9월부터 12월까지는 R자가 들어있다. 이는 R자가 없는 4개월은 굴이 암컷이 되어 난자를 살포하므로 몸이 물러져 맛도 떨어지고 독소까지 생겨 먹지를 못한다. 다시 9월부터 이듬해 4월까지는 수컷이 되어 먹을 수 있게 된다.

요즘은 산란하지 않는 '개체 굴'이 생겨 4계절 먹는 굴이 나왔다고 하니 놀라울 따름이다. 어쨌거나 굴은 찬바람이 불기 시작하는 11월부터 살이 통통하게 오르는 2월까지가 굴이 싱싱하고 맛 또한 좋다. 서양인은 동양인과 달리 바다에서 나는 해산물을 극히 제한적으로 먹는데 굴은 서양인이 동양인보다 더 즐기는 것 같다. 나폴레옹은 전쟁터에서도 굴을 먹었다 한다. 또 독일 재상 비스마르크는 하루에 175마리나 먹었다고 하니 기네스북감이다.

서양에서 바다의 우유라고 불리는 영양이 풍부한 굴은 필수 아미노산과 칼슘의 함량이 높은데, 칼슘의 함량은 우유와 비슷할 정도로 풍부하여 어린이의 성장 발육에 좋다. 굴에는 철, 아연, 구리, 망간 등 풍부한 미네랄이 들어있다. 철은 혈액 속 헤모글로빈의 주성분으로 빈혈 예방에 도움을 준다. 특히 남성 호르몬 분비를 촉진하는 아연의 함량 또한 어패류 중 으뜸이다. 100g당 약 16.6mg의 아연이 함유되어 있는데, 이는 식품 가운데 가장 높은 수준이다. 굴의 아연 성분은 인슐린 합성에 도움을 주어 당뇨병에도 좋다. 타우린이란 성분은 콜레스테롤을 내리고 심혈관질환의 예방효과가 있으며, 피로회복과 자양강장제로 동서양에 이름을 떨친다. 피로 물질인 유산의 증가를 억제하는 글리코겐이 풍부해서 간 기능향상에도 도움을 주어 숙취 해소는 물론 지친 몸에도 힘을 불어넣어 준다.

고대 그리스 시대부터 최고의 스태미너 음식으로 사랑받았는데, 유럽을 주름잡던 바람둥이 카사노바는 하루 30마리씩 즐겨 먹었다고 전해진다.

굴은 여성에게도 아주 좋은 식품이다. 멜라닌 색소를 분해하는 성분과 비타민A가 풍부해 피부를 희고 곱게 만들어 주기 때문이다. 그래서 어부들이 말하기를 배 타는 어부의 딸은 까맣지만 굴 따는 어부의 딸은 하얗다고 한다.

굴은 세계 여러 나라에서 즐겨 먹으며 서양에서 유일하게 날로 먹는 어패류이기도 하다. 우리나라에서는 초고추장에 찍어 먹는 것이 일반적이지만 허브 소스나 고추냉이 간장에 찍어 먹어도 맛있다. 이때 살짝 뿌리는 레몬즙이 철분의 흡수를 돕는다고 하니 귀찮아도 레몬즙을 뿌려서 먹어보자. 굴은 생으로 먹거나 익혀서 먹거나 영양적 가치는 같다고 하니 조금이라도 신선도에 문제가 있어 보이면, 익혀 먹는 것이 바람직하다.

알맹이는 밝고 선명한 유백색이며 광택이 나고, 군데군데 살이 살짝 비칠 정도로 투명한 것이 신선한 것이며, 색이 노랗고 광택이 적은 것은 피해야 한다.

겨울엔 만사 제쳐 놓고 굴 요리 전문집으로 가 메뉴별로 모두 시식하는 시간을 내어보자.

신비한
나비의 세계

　지구상에는 인간의 지식이나 과학으로는 도저히 풀 수 없는 불가사의한 일이 많다. 그 가운데 하나가 연어의 회귀본능이다. 바다에서 자란 연어가 4년 차가 되면 알을 낳으러 자기가 태어난 강(모천)으로 회귀하는데, 그 경로를 찾아오는 방법에 대해서는 아무도 모른다. 그런데 연어의 회귀보다 더욱 불가사의한 일이 있다. 그것은 모나크나비(제왕나비, Monarch Butterfly)의 일생에 관한 것이다. 캐나다 남부와 미국 북동부에 서식하는 제왕나비는 겨울을 보내기 위해 그들이 한 번도 가본 적이 없는 멕시코 중부까지 약 2천 마일을 날아간다.

　연약한 나비로서는 정말 위대한 비행이 아닐 수 없다. 이러한 불가사의는 신의 영역에 속한다고 봐야 한다. 모나크나비는 기온이 떨어지는 가을이 되면 겨울을 나기 위해 멕시코 중부까지 약 2,000~2,500마일을 비행한다. 멕시코에서 겨울을 보낸 제왕나비는 2월 말 혹은 3월 초순이 되면 다시 캐나다와 미국의 동북부를 향하여 대규모로 날아가기 시작한다. 멕시코에서부터 알을 품고 온 암컷은 밀크위드(milkweed)에 알을 낳는다. 밀크위드(흰유액을 분비하는 식물)에서 부화한 애벌레는 이 풀의 유독성 유액을 먹고 자신도 독성을 지니게 된다. 이 독성은 천적인 작은 포유동물과 새들로부터 애벌레가 자신을 보호하는 방어 수단이 된다.

모나크나비는 알에서 애벌레(larvae)로, 애벌레에서 번데기(adult)로 네 번의 사이클을 거치며 변태를 거듭한다. 알이 애벌레로 부화하는 데 약 4일이 걸린다. 부화한 애벌레는 자신의 알껍데기를 먹은 후 약 2주 동안 밀크위드를 먹는데 2주 후가 되면 애벌레는 부화 당시보다 몸무게가 약 2,000~2,700배로 늘어난다. 이것은 마치 인간의 아기가 고래와 같은 크기로 자라는 것과 마찬가지라 한다. 약 2주가 지나면 애벌레는 번데기 모양의 체액으로 가득한 주머니로 변한다. 그리고 약 10~14일 후에 이 번데기는 모나크나비로 거듭나게 된다. 이렇게 태어난 1세대는 약 2~6주간을 지낸 후에 알을 낳고 죽게 된다.

이 알들이 부화하면 2세대가 된다. 2세대는 5월과 6월 사이에 태어나 1세대와 같은 삶은 산 후, 3세대에게 바통을 넘긴다. 3세대는 7월과 8월 사이에 태어나는데 이들 또한 1, 2세대와 같은 2~6주 동안 생존한 후에 죽게 된다. 멕시코에서 시작된 3세대에 걸친 비행으로 말미암아 약 5개월 만에 모나크나비는 캐나다로 돌아온다. 4세대는 9월과 10월 사이에 태어나는데 같은 나비지만 이들 4세대는 8개월을 사는데 이는 부모 세대보다 수명이 10배나 더 길어진다. 같은 나비인데 이들 4세대가 부모 세대보다 수명이 10배나 더 긴 것은 참으로 불가사의한 일이다. 나비를 창조한 창조주만이 이 불가사의한 신비를 알고 있을 것이다.

이르면 9월부터 따뜻한 멕시코로 향하는 4세대 모나크나비의 위대한 여정이 시작된다. 두 달이 넘는 기간 동안 최대 900시간을 비행한 끝에 10월 말경 나비들은 월동지에 도착하기 시작하는데, 이들 4세대는 멕시코에 한 번도 가본 적이 없지만, 정확히 그 선조 세대가 찾아갔던 나무와 숲으로 돌아간다. 모나크나비의 개체 수는 서식지의 파괴와 밀크위드의 재배 감소 및 기후 변화로 멸종 위기에 놓여있다. 현재 개체 수는 25년 전과 비교해볼 때 약 90% 정도가 감소했다고 한다.

곤충 중에서도 나비만큼 사람에게 사랑을 받는 곤충도 드물다. 나비는 나는 모습이 우아하며, 날개가 돋은 후는 사람에게 해를 끼치지 않아 귀여움을 받는다. 나비 하면 평생을 나비와 살다간 나비 박사 석주명을 떠올린다. 일제 치하 혼란과 전쟁의 소용돌이 속에서 한반도 전역을 훑으며 75만 마리의 나비를 채집했다. 그리하여 마침내 "조선나비총목록"이란 책을 만들었고 영국 왕립도서관에 소장되었다.

나비는 종류에 따라 나는 모습이 조금씩 다른데 날개가 검고 큰 사향제비나비는 너울너울 날고, 초여름 흰 꽃에 많이 모이는 부전나비는 할랑할랑 나는데, 나비를 연구하는 학자들은 나비가 나는 길이 있다고 말한다. 나비에게 공중에 길이 있느냐고 물으면 "아니요."라고 할 것 같은데 말이다. 내가 보면 나비는 다른 동물을 헤치지 않는 몇 안 되는 곤충인데, 나비의 천적은 누가 뭐래도 새다. 그래서 나비는 사람의 눈으로 보면 우아하게 나는 듯싶어도 새의 공격으로부터 자신을 보호하려는 처절한 몸부림으로 갈팡질팡하며 난다.

나비 날개는 온통 비늘로 덮여있는데 현미경으로 들여다보면 기왓장으로 착착 엎어 놓은 모습이다. 나비는 갖춘탈바꿈을 하는데 알에서 깬 애벌레는 엄청난 양의 잎을 먹고 번데기가 되는데, 날씨가 추우면 그대로 겨울을 나고, 날씨가 따뜻하면 번데기가 된 2주 뒤쯤 나비로 태어난다. 곤충은 다리가 6개인데 간혹 네발나비가 보인다. 이 네발나비는 퇴화한 앞다리 1쌍으로 맛을 보는 데 사용한다.

나비는 앞다리로 맛을 보고 또르르 말린 주둥이로 꿀을 빨아 먹는데, 소리는 듣지 못하고, 대신 끝이 동그란 더듬이가 바람의 움직임으로 소리를 느낀다고 한다. 번데기가 나비가 되는 과정을 우화라고 하는데 겨우 1% 정도 성공한다고 한다. 이상 기후 탓으로 벌과 나비가 급속히 줄고 있는 현실에 1%는 너무 안타깝다.

나비

앞마당에 하얀 꽃 칠자화가 피면
구름표범나비는 바람 그네를 탄다.
달콤한 향기 찾아 웃음 머금고
청띠신선나비는 너울너울 푸른 하늘로 유영한다.
산푸른부전나비, 시골처녀나비, 꼬리명주나비,

눈많은그늘나비, 수풀꼬마팔랑나비 등
석주명 선생이 붙인 아름다운 우리말 나비 이름들
유리창에 붙어 학생들 공부하는 모습을 보는
유리창떠들썩팔랑나비가 빠졌네.
행복한 이름이다.
우아한 날갯짓이다.

〈모나크나비〉

나비의 사촌
나방(Moth)

　나비와 나방은 둘 다 절지동물문 곤충강 나비목에 속하는 곤충이다. 둘 다 머리, 가슴, 배의 세 부분으로 되어있고, 한 쌍의 더듬이와 겹눈, 그리고 긴 대롱 같은 입을 갖고 있다. 그리고 세 쌍의 다리와 두 쌍의 날개를 갖고 있다. 이처럼 몸의 구조가 흡사해 언뜻 보면 나비인지 나방인지 헷갈리기 쉽다.

　나비는 앉을 때 날개를 접고 나방은 날개를 펼친 채 앉는다고 하지만 꼭 그런 것은 아니다. 나비는 대부분 날개를 접고 앉지만, 일광욕하거나 수분 혹은 염분을 빨 때는 날개를 펼친 채 앉는다. 나방은 날개를 펼친 채 앉지만, 자나방류의 나방은 날개를 접고 앉는 경우도 심심치 않게 관찰되기 때문이다.

　하지만 비슷한 생김새 중에서도 확연히 구별되는 부분이 있다. 바로 더듬이다. 나비의 더듬이 모양은 끝이 뭉툭하게 둥근 모양으로 체조선수들이 쓰는 곤봉 모양으로 생겼다. 그런데 나방은 갈고리나 톱니 모양이다. 그 차이로 구분하는데, 수컷 나방의 빗살무늬 모양 더듬이는 암컷 나방의 페로몬을 쉽게 알아내는 장치다. 즉 나방은 코가 아니라 더듬이로 냄새를 맡는다, 환한 달밤 암컷 나방이 달을 향해 하늘로 날아오르면 수컷 나방들이 줄지어 따라 오르는 풍경을 어린 시절 농촌에서 자랄 때 '왜 저러지?' 하며 본 기억이 있는데 그게 '페로몬 냄새를 맡고 교미하려고 수컷들이 경쟁하는 것이었구나!'라는 것을 뒤늦게 알게 되었다.

학술적으로는 나비와 나방을 구분하지 않고 나비목에 포함된 곤충으로 이해하는데, 프랑스에선 '빠삐용(papillon)'을 나비와 나방이란 뜻으로 함께 사용하고, 북한에서는 나비와 나방을 낮 나비와 밤 나비로 부른다. 그러나 영어에선 나비를 버터플라이(Butterfly)로, 나방을 모스(Moth)로 나누어 부르고 우리나라에서도 나비와 나방을 구분한다. 왜 우리나라에서는 나비와 나방을 따로 부르고 나비보다 나방을 부정적으로 인식할까?

아마도 나비는 늘 우리 곁에 우아한 모습으로 함께하는 대상이고, 나방은 털이 많은 징그러운 해충이란 이미지가 널리 퍼져 있기 때문이리라. 사실 나방은 나비보다 털북숭이처럼 털이 많다. 나비는 손으로 만지면 인편이 조금 묻어 나오지만, 나방은 우리 주변에 날아오기만 해도 공기 중에 많은 인편(비늘)이 날린다. 또한 한여름 밤, 나방의 인편이 몸에 묻으면 가렵기도 하고 빨갛게 부어오르는 경우도 많다.

그렇다면 나방은 우리에게 늘 부정적인 영향만 끼치고 있을까? 우리가 선입견을 품고 보았던 나방의 기본 역할은 생태계의 먹이사슬 조절자다. 나방은 종수와 개체 수가 다른 어떤 종류보다 많은 편에 속한다. 여름밤에 불이 훤히 켜진 주유소에서 보았던 수없이 많은 나방, 가로등과 자동차의 헤드라이트에 부딪히는 나방들, 빛이 있으면 어디든 몰려드는 나방들이 없다면, 나방이나 애벌레를 먹고 사는 상위포식자의 그 다양성이 현저히 떨어질 것이다. 특히 나방을 잡아서 어린 새끼에게 먹이를 주는 새들에게는 치명타를 줄 수 있다.

鉤簾待乳燕(구렴대유연) 주렴을 걸어 올려 젖 주는 제비 기다리고
穴紙出癡蠅(혈지출치승) 문종이 구멍 뚫어 어리석은 파리

내어 보내네

爲鼠常留飯(위서상류반) 배 고픈 쥐를 위해 밥을 남겨두고
憐蛾不點燈(인아불점등) 나방을 불쌍히 여겨 등불을 켜지
않는다.

古人此等念頭(고인비등염원) 옛사람들의 이런 생각은
是吳人一點生生之機(시오인일점생생지기) 우리 인간이 모
든 생명을 대하는 기본자세다.

전 세계 나방 중에 가장 유명한 녀석을 뽑으라면 이견 없이
누에나방을 뽑을 것이다. 누에고치로 만든 비단은 인간의 의
복 문화를 혁신했고, 또 다른 부산물인 번데기는 단백질 섭취
원으로 큰 역할을 했기 때문이다. 그럴 뿐만 아니라 누에는 동
양과 서양을 이어준 최초의 무역로인 실크로드(silk road)를 만
들어 동서양의 정치·경제·문화를 풍족하게 해준 매개체이기
도 하다. 최근 들어 누에나 누에 부산물로 당뇨병 예방과 치료
용 제품뿐 아니라 화장품을 만들기도 하고 실크 단백질을 이
용해 인공 뼈나 인공 고막 등을 개발하고 있다.
　국립생태원에 의하면 최근 해충에서 최고의 익충으로 이미

지 변신을 하려는 나방이 또 하나 있다고 한다. '꿀벌부채명나방'이 그 주인공인데 원래 꿀벌부채명나방은 장수말벌과 함께 꿀벌 집의 최대해충으로 알려져 있다. 장수말벌은 보통 꿀벌을 죽이고 애벌레를 잡는데 반해, 이 녀석은 주로 밀랍을 먹지만 꿀, 꽃가루, 애벌레 심지어 벌통까지도 닥치는 대로 먹는다. 그래서 양봉과 토종 봉을 하는 사람에겐 엄청난 골칫덩어리다. 그런데 꿀벌부채명나방이 플라스틱 공해의 해결사로 차세대 환경보전의 선두주자로 떠오르고 있다.

실제 영국과 스페인의 연구팀은 실험을 통해 꿀벌부채명나방의 애벌레가 비닐봉지를 빠르게 분해할 수 있다는 결과를 얻었다. 추가 연구가 진행된다면 쓰레기 매립장에서 소각해서 플라스틱을 없애는 것보다 꿀벌부채명나방의 애벌레로 비닐과 플라스틱을 없앨 수 있는 친환경적인 기술이 개발될지도 모른다. 이제 지구인의 골칫거리인 플라스틱을 우리가 해충으로만 바라보았던 꿀벌부채명나방이 해결해 주는 역할을 하길 기대해본다.

장구벌레의
어원

　초등학생에게 이 세상에서 제일 무서운 동물이 무엇이냐고 물으면 우리나라뿐만 아니라 전 세계적으로 사자나 호랑이가 아니라 모기라고 답하는 비율이 50%가 넘는다고 한다. 인류 역사상 지금껏 가장 많은 사람의 목숨을 빼앗은 감염병은 무엇일까? 중세 유럽을 공포로 몰아넣은 페스트, 끊임없이 이어지는 분쟁과 전쟁, 인류를 괴롭혀온 결핵 등이 있지만, 단연 말라리아로 인한 사망자 수가 가장 많다. 지금도 전 세계에서 매년 2억 명이 말라리아에 걸려 50만 명 정도가 사망한다. 말라리아는 얼룩날개모기가 옮기는 감염병으로 모기는 말라리아 이외에 뇌염, 황열, 뎅기열 등을 옮긴다.

　전 세계 모기는 3천 종이 넘는데 우리나라에는 9속 56종이 서식하고 있다고 한다. 이 가운데 피를 빠는 모기는 알을 만들 단백질이 필요한 암컷이다. 원래 모기는 꿀이나 과일즙을 빨아먹는 초식성이지만, 알이 잘 자라기 위해선 식물성 단백질만으로는 부족하다. 그래서 암컷이 동물성 단백질을 보충해 알을 잘 키우기 위해 흡혈한다.

1초에 날개짓을 150~200번을 하고, 시속 1.6km의 속도로 날아다니는 모기는 냄새로 사냥감을 찾는다. 호흡할 때 나오는 이산화탄소나 사람이 내뿜는 젖산을 표적으로 삼는다. 얼굴이 잘 물리는 이유는 숨 쉴 때 나오는 이산화탄소 때문이고, 발 냄새를 모기가 좋아하기 때문에 발도 잘 물린다. 체구가 크거나 땀을 많이 흘리는 사람, 대사가 활발해 젖산 등의 대사 분해 물질이 많이 나오는 어린이도 모기의 표적이 되기 쉽다.

모기의 성충은 약 2개월 정도의 삶을 영위한다. 모기는 몸무게가 3mg에 불과하여 피부에 앉아도 알아채기 힘들다. 집모기는 피부에 앉자마자 작은 관을 통해 타액(피의 응고를 막는 히루딘)을 내뱉는 침을 꽂는데, 피부에 모기의 타액이 스며들면 살갗이 부드러워져서 침을 꽂기 쉬워진다. 침도 워낙 가늘어 사람이 느끼지 못한다. 흡혈하는 동안 모기가 가진 말라리아 원충이나 바이러스가 사람의 몸속으로 들어간다.

모기가 흡혈을 마치고 떠난 뒤 피부가 부풀어 오르고 가려운 까닭은 타액에 대한 몸의 알레르기 반응 때문이다. 가려워 견디기 힘들면 성인인 경우 물린 자국에 촛농을 한 방울 떨어뜨리면 즉시 가려움이 멎는다. 어린아이일 경우 녹차티백을 약간 뜨겁게 하여 올려놓거나, 흐르는 물에 씻고 얼음찜질을 하는 게 좋다. 집 안에 있는 화분 물받이가 산란 장소가 될 수 있는 만큼 자주 점검해야 한다.

이렇게 사람을 많이 죽이고 귀찮게 하는 모기가 이 지구상에서 없어진다면 어떤 현상이 일어날까? 빨간집모기의 경우 72일 생존하면서 한 번에 155개의 알을 13회나 산란한다. 한 마리가 알을 산란하는 개수는 1,800개 정도라고 하니 대단한 숫자다. 이 모기의 번데기나 유충인 장구벌레는 이 세상의 생물을 거의 먹여 살리는 물고기의 새끼들이 제일 좋아하는 먹이다.

모기의 유충을 왜 장구벌레라 했을까? 우리가 사물놀이를 할 때 두드리는 장구의 오른쪽은 노루의 가죽이고 왼쪽은 개의 가죽을 사용한다. 장구의 채는 두 개로 하나는 탱자나무 뿌리로 다듬고 말린 하얀 채다. 이 채로 오른편 노루 가죽 쪽을 두드리면 맑고 밝은 소리가 나고, 나무로 만든 끝에 동그란 구가 달린 채로 왼편의 개가죽 쪽을 치면 둔탁하고 묵직

한 소리를 낸다. 그래서 노루 장(獐) 개 구(狗)를 합쳐 장구라
는 이름을 붙였다.

물속에서 꼼칠꼼칠하는 모기의 유충 장구벌레를 가만히 내
려다보면 신이 나서 장구 치는 모습과 흡사하다고 붙인 이름
이다. 사람이 물고기를 즐겨 먹으려면 모기도 함부로 잡아서
는 안 될 것 같다. 여름엔 비가 많이 내리지 않으면 모기가 서
식하기 좋은 환경이 조성된다. 하지만 겨울이 되면 모기는 사
라진다. 추위에 살아남을 수 없기 때문이다.

우리나라엔 겨울이 있다

몸무게 0.3g,
사람한테 한 대 맞거나,
에프킬라 한방이면 그대로 죽는 것
세계에서 1년에 모기로 인해
죽는 사람이 50만 명이라니 놀랍다.
수천, 수만 년을 그렇게 모기에게 당해왔다.
모기 하나 다스리지 못하는 인간

말라리아 하나 정복하지 못하는 의술
후진국과 선진국의 차이는
모기로 몇 명이 죽느냐로 판명된다.
참 다행이다, 우리에겐 겨울이 있어서.

거미는 곤충이
아니랍니다

여러 숲속 친구들 오늘은 거미에 관해 공부할 거예요. 먼저 여러분에게 하나 물어볼 게 있어요. 거미가 무서운 해충인데다 징그러워서 싫다는 친구 손들어 보셔요. 그럼 거미가 생각보다 귀엽고 얌전하고 나쁘지 않다고 생각하는 친구 손들어 보셔요. 예 거의 반반이군요. 그런데 손 안 든 친구는 거미를 모르는 건 아니죠. 다만 괜찮은 것 같기도 하고 안 그런 것 같기도 하다 이 말이죠. 그래요, 거미는 절대로 무섭거나 징그럽거나 보기 싫은 그런 동물은 아니어요. 자세히 보면 징그럽기보다는 사랑스럽고, 무섭기보다는 어딘가 귀엽다는 생각이 들 거예요.

자 그럼 거미가 곤충일까요, 아닐까요? 어디 다시 손들어 볼까요? 곤충이라는 사람 손들어 봐요. 아니 한 명도 없잖아요.

그럼 무엇이에요? 동물이라고요. 예. 그렇죠. 바로 절지동물입니다. 절지동물을 아는 것을 보니 여러분들의 실력이 상당한 것 같아요. 곤충은 머리 가슴 배로 삼등분하는데 거미는 어떻게 되어있지요? 머리가슴과 배 2등분으로 되었습니다. 예 똑똑해요. 그럼 다리는 몇 개예요? 8개예요. 예 그래요. 날개와 더듬이는 있어요, 없어요? 없습니다. 그렇죠. 일반적인 곤충은 날개가 두 쌍이거나 한 쌍이 있고 더듬이가 있는데, 비해 거미는 둘 다 없지요. 그래서 곤충강 속에 포함되는 게 아니고 거미강 속에 포함된 거랍니다.

친구들 혹 타란툴라라는 거미를 본 적 있나요? 어! 있어요. 처음 볼 때 어땠어요. 한번 말 해봐요. "무시무시했어요. 징그럽기도 했어요. 그런데 지금은 괜찮아요." 왜 괜찮아졌어요. "형님이 집에 가져왔는데 만져 보기도 했어요." 아! 그랬군요. 사실 거미는 털이 많고 또 다리도 많아서 다들 싫어하는데, 거미의 털은 감각기관이고, 또 거미가 물에 빠졌을 때 뜨게 한답니다. 전 세계의 거미는 4만여 종이고 사람을 물어 죽일 정도의 치사율을 가진 것은 굉장히 드물어요. 그리고 사고를 당할 확률은 0.01%입니다. 특히 우리나라 거미는 온순하고 착해서 거의 사고가 없어요.

그리고 거미는 탈피는 하지만 탈바꿈(변태)하지 않아요. 그러니까 유충이나 번데기 시기가 없는 거지요. 거미는 8개의 홑눈을 가지고 있고, 거미줄은 배 끝에 있는 3쌍의 거미줄 돌기(실젖)에서 나와요. 거미줄은 단백질로 30%의 결정질과 70%의 비결정질로 이루어졌어요. 특히 나일론이나 누에의 실과는 달리 거미줄은 비와 수분의 영향으로 부풀거나 늘어지기도 하는데 마르면 다시 원상태로 돌아가요. 거미줄은 같은 굵기의 강철보다 5~10배 이상 강하다고 해요. 거미줄의 굵기는 보통 0.0003mm~0.0015mm이고 사람은 0.0025mm보다 적으면 눈으로 볼 수가 없다고 해요. 거미의 수명은 보통 1~2년인데 20년 전후로 사는 종류도 있다고 해요. 식성은 다른 동물에 비해 단순해서 곤충이나 그 밖의 작은 동물을 잡아먹어요.

생활 방식으로는 정주형, 떠돌이형, 그물치기형 3가지로 분류되며, 정주형으로는 땅거미가 대표적이나 수중생활을 하는 물거미도 있어요. 초가집이나 숲속에 많은 왕거미는 매일 체중의 10%에 이르는 거미줄을 뱃속 실 샘에서 액체로 만들어 내어 배의 꽁무니에 있는 3쌍의 실젖을 통해 뿜어내면 고체 상태가 되는데 이것이 바로 거미줄입니다.

거미는 생태계를 보호하는 익충인 동시에 환경 파수꾼입니다. 무엇보다 의학, 농업, 방탄복 산업 등 그 활용 가치가 무궁무진한 연구대상이랍니다. 현재도 거미를 식용으로 하는 나라는 라오스, 캄보디아, 베네수엘라, 미얀마와 그리고 인디언인데 거미를 즐겨 먹고 있답니다. 중국은 거미 독으로 맹독성 생물에게 물렸을 때 해독약으로 활용을 하고 있답니다. 그럼 거미에 대해 알아볼까요?

1. 애어리염낭거미: 볏 잎이나 억새 잎을 접어 집을 짓고 살면서 알을 놓는데 이때부터 어미는 알에서 떠나지 않고 부화한 새끼가 어미 몸을 뜯어먹도록 하여 안전하게 새끼를 기르고 자기는 껍질만 남기고 죽어요.

2. 호랑거미: 이 거미는 나뭇가지나 덤불에 걸쳐있는 울타리 속에 새끼들을 부화하는데 희한하게도 새끼들에게 조그만 위협이 있어도 알고 달려와서 새끼를 보호하는 거예요. 학자들이 신기해서 자세히 살펴보니 아주 가는 거미줄을 새끼들과 연결해 놓고 보호하고 있음을 발견했어요. 이 호랑거미는 다른 곤충을 유인해서 사냥도 한대요. 그리고 거미줄에 먹지 못하는 게 걸리면 깨끗이 청소도 잘해요.

3. 늑대거미: 새끼를 업고 다니는 늑대거미는 먹을 게 없으면 힘없는 거미를 잡아먹기도 하는데 상대편에 새끼가

있으면 그 새끼도 자기 새끼와 함께 업어 기른다고 해요.

4. 장님거미: 3억 년 전 장님거미 화석이 최근 미국에서 발견되었어요. 메뚜기처럼 위급하면 붙들린 다리를 떼어내고 도망을 가지요

5. 깡충거미: 깡충깡충 뛰어다니며 사냥을 해요. 일정한 집이 없는 떠돌이랍니다.

6. 풀잎거미: 화단의 식물 위에 손바닥만 하게 평평하게 거미줄을 치고 숨어서 기다렸다 사냥을 해요.

7. 왕거미: 농가나 공원 주위에 공중에 둥근 원의 거미줄을 치고 자기는 거미줄 중앙에서 먹이가 걸려들기를 기다립니다. 왕거미 거미줄은 튼튼하여 작은 새도 걸릴 때가 있어요.

거미줄

감나무 가지에서 거미가 허공에
엉덩이를 내밀고 실을 뽑는다.
엊저녁 바람과 시간 약속을 했는지

바람은 아무 말 없이 거미줄을 날려
맞은편 대추나무 가지에 턱 걸쳐준다.

말간 저녁 하늘에 지우개만 한 왕거미가
허공을 오르락내리락
열심히 뒷다리로 집을 짓는다.

집일까? 그물일까?
거미는 좋겠다.
넓은 허공이 집터라서 집 없는 설움이 없겠다.
푸른 하늘이 어장이라서 배고픈 아픔이 없겠다.

거미줄이란 자작시다. 거미줄을 칠 때 어떻게 저 멀고 높은 데를 연결하지? 하고 의문을 가지고 찬찬히 관찰하면, 아 바람을 이용하는구나! 하는 답을 얻습니다.

이 세상의 실제 지배인은 바람임을 많은 사람이 인정합니다. 만약 지구에 바람이 없으면 되는 일이 없습니다. 그래서 그리스에서는 바람의 신전도 있었어요. 그 당시에는 비행기가 없었으니까 배의 안전한 운항과 농작물을 위한 기원을 했을 것입니다. 이 바람이 거미에게까지 영향을 미칩니다. 한참 전쟁과 기상이변으로 전 세계적으로 사회적 문제가 되는 집 없는 설움과 배곯는 아이가 거미와 대비되어 마음이 착잡해지네요.

매미의
5덕(五德)

여름은 매미의 계절이다. 모기 입이 삐뚤어진다는 처서가 지났는데도 매미는 구성지게 노래한다. 인간의 입장에서 보면 노래한다고 해야 하는지, 운다고 해야 하는지 모호하지만, 매미 입장에서 보면 자기 짝을 부르는 처절한 고함 소리다. 참매미는 주로 아침나절에 운다. 연신 엉덩방아를 찧듯이 엉덩이를 들었다 놓기를 7~10번을 하면서 '맴 맴 맴 맴 매앰'하고 울기를 열 번쯤 되풀이한다. 대체로 푹푹 찌는 한나절에 숨 쉴 틈 없이 '밈밈밈'하고 울다 끝에 '찌르르르'하고 우는 것은 말매미다. 귀가 따가울 정도의 우렁찬 노랫가락이 직선적이고 강렬하다. 한낮 열기가 식는다 싶으면 울어대는 '애매미' 소리는 간드러진다고 할까. 유지매미는 기름이 끓듯 '지글지

글' 울고, '쓰름쓰름' 소리 내는 쓰름매미, 털매미와 늦털매미가 '찌~찌~찌'하고 늦가을까지 멋진 연주를 이어간다. 매미의 노래는 하도 요란하고 시끄러워서 도통 갈피 잡기가 어려운 것 같으나, 종류별 일정한 음을 내기 때문에 소리로 매미의 구분을 할 수 있다.

최근 도시에서는 매미를 해충으로 생각하는 사람이 많다고 한다. 매미가 독을 가지고 있거나 병을 퍼뜨리기 때문이 아니라, 단지 울음소리가 너무 시끄럽다는 이유에서다. 실제로 조사를 해보니 도시에서 우는 매미 소리가 점점 커지고 있다고 한다. 특히 말매미의 울음소리는 75dB로 오토바이나 진공청소기 소음과 같아 청력에 문제가 생길 수 있을 정도라고 한다. 특이한 점은 시골보다 도시 특히 대도시일수록 다른 매미에 비해 말매미가 많이 서식한다고 한다. 연구 결과에 의하면 지구온난화로 인한 도심의 열섬현상으로 인한 온도변화가 제일 큰 원인이라고 한다.

매미 떼울음은 짝짓기 노래(mating song)로 암컷 마음을 사겠다는 수컷의 절규다. 한 마리가 울기 시작하면 일제히 따라서 울기 시작하는데, 이 노래는 사랑의 세레나데로 암컷을 차지하려 경쟁하듯 울어대는 극진한 사랑의 교향곡이요, 청순한 애정 합창이다. 노루 꼬리만큼 남은 일생을 속절없이 마감해야 하는 수컷의 애절한 몸부림이라 여긴다면, 그렇게 시끄러운 소리도 애정을 담아 듣는다면 귀에 거슬리지 않을 것이다.

수컷 매미는 배 첫마디 양편에 얇은 진동막(tymbal)으로 된 발음기관(소리통)이 있는데, 막에는 갈비뼈 모양의 구조물이 있다. 진동막은 근육과 연결되어있어서 근육이 수축하면 진동막 안의 구조물이 휘어지며 '딸깍'하는 충격음이 생긴다. 그리고 근육이 다시 펴지면 구조물도 다시 돌아오며 또 한 번 충격음을 낸다. 마치 빈 알루미늄 캔을 약간 쭈그렸다 펴면 딸깍딸깍 소리가 나는 것과 같은 원리다. 놀랍게도 매미는 근육을 빠르게 움직여서 1초에 300~400번이나 진동막을 울린다. 더 놀라운 것은, 이렇게 만들어 낸 소리가 배의 빈 공간에서 공명해 20배로 증폭한다는 사실이다. 암컷은 소리통이 없어 음치다. 귀뚜라미 소리가 바이올린을 켜듯 양 날개를 비벼내는 마찰음이라면, 매미 소리는 색소폰처럼 얇은 막이 떨며 생기는 진동음이다.

매미는 보통 5~6년을 사는데, 오래 사는 매미는 17년을 산다고도 한다. 막상 우화하여 날개를 단 매미는 2~3주 정도밖에 못 산다고 한다. 매미의 한살이는 알, 애벌레, 성충으로 번데기 시기 없이 불완전 변태하며, 암컷은 3시간 가까이 신방을 차리고는 꽁무니 끝에 달린 뾰족한 산란관으로 죽은 나뭇가지나 나무껍질에 산란한다. 그 알은 10~40일 만에 애벌레로 깨어나기도 하고, 겨우내 알 상태로 있다가 이듬해 부화한 유충은 흙을 30cm나 파고 들어가 나무뿌리 수액을 빨아 먹으면서 5~7여 년 동안 네 번 허물을 벗고 5령의 애벌레로 자란다. 인고의 시간을 끝내고 여태 신세 진 나무 그루터기를 타고 올라가 날개돋이(우화)하고는 그 자리에다 껍질(선퇴 蟬退)을 남긴다. 이렇게 곤충은 일생을 거의 애벌레로 보낸다.

옛말에 매미의 5덕은 문(文)·청(淸)·염(廉)·검(儉)·신(信)이다. 입이 두 줄로 뻗은 것은 선비의 늘어진 갓끈을 상징하니 학문을 뜻하며, 평생을 깨끗한 수액만 먹고 살기에 맑음이 있다. 그리고 사람이 가꾸어 놓은 곡식과 채소를 해치지 않으니 염치가 있으며, 집을 짓지 않으므로 검소함이 있고, 겨울이 오기 전에 때맞춰 죽을 줄 아니 신의가 있다고 하였다. 매미의 생리 생태를 속속들이 알아 '소쇄(瀟灑)한 귀공자' 풍모로 여기니 적잖이 놀랍다. 아무렴 무엇이든 사랑하면 보인다고 하지 않았는가.

〈말매미〉

매미의 오덕도 오덕이지만, 날개는 어느 것이나 맑고 투명하기 그지없다. 그래서 매미는 임금님 머리 위에도 앉아본 동물이다. 조선 시대 임금님 정사를 볼 때 쓴 관모(冠帽)를 익선관(翼善冠 혹은 翼蟬冠)이라 부른다. 매미 날개 모양의 작은 뿔 둘이 위로 불쑥 솟았기에 날개 익(翼)과 매미 선(蟬)을 썼다. 그 모자에 날개가 없으면 서리, 옆으로 나면 문무백관이다. 임금과 왕자의 의관은 곤두섰으니 이는 늘 매미의 오덕을 잊지 말라는 뜻이었다.

참새와
베짱이

- 참새 소고

참이란 글자는 순우리말이면서 사람과 매우 친숙하다. 그래서 멋지거나 견주어 탁월하면 참이란 글자를 앞에 붙였다. 예로 나무 중에서 견고하여 쓰임새가 다양할 뿐 아니라 너와집 지붕까지 해결되는 데다 흉년이 들 때면 도토리로 묵을 만들어 허기진 배까지 채워주었으니 참나무라 했고, 화력도 좋고 그을음이 적다고 참숯, 참깨에 참기름, 참선생, 참사랑, 참샘(우물), 참옻, 참빗, 참붕어, 참나물, 참말, 참하다고까지, 셀 수 없이 '참'자를 많이 붙였다.

그런데 이상한 것은 새 중에서 예쁘지도 않고 곡식에 해만

137

끼치는 참새가 있는데, 왜 선조들은 이 새에다 '참'자를 붙였을까? 1966년~1976년까지 이어진 문화대혁명 당시 실권자 모택동에게 장계가 올라왔다. 중국에서 참새와 쥐가 1년에 곡식 4,000만 명분을 훔쳐 먹는다는 내용이었다. 놀란 모택동은 즉시 참새와 쥐의 소탕령을 발동했다. 전국적으로 벌어진 소탕 작전이 1년이 지나고 2년이 되자 서서히 이상 징후가 나타나기 시작했다. 논과 밭엔 메뚜기떼가 극성을 부리고, 민가엔 알 수 없는 전염병이 번졌다. 3년이 되자 곡식의 수확량이 절반으로 뚝 떨어지고 사람도 알 수 없는 질병에 사망자가 늘어났다. 뒤늦게 뭔가 잘못된 것을 인식하고 러시아로부터 참새를 대량으로 수입하여 참새 복원 작업을 시작했다.

온종일 민가 주위를 돌며 뭔가를 잡아먹는 조그마한 새 곡식에 해도 끼치지만, 인간을 위해 없어서는 안 될 꼭 필요한 새. 이 새에 '참'자를 붙인 선조들의 혜안에 고개가 절로 숙여질 따름이다. 생태계의 보전은 곧 인간의 의무이고, 우리의 삶과 직결되어 있음을 알아야 한다.

– 베짱이의 뜻

가을이면 문득 생각나는 곤충이 하나 있다. 여름과 가을 내내 신나게 놀다가 찬 바람이 불고 눈이 내리는 겨울이면 개미에게 구걸한다는 불쌍한 '놈'이다. 그놈은 이솝우화에서 게으름의 대명사로 그려진다. 그 때문인지 그놈의 이름을 '배짱이'라고 부르는 사람이 많다. '배가 나왔다'라는 표현을 '게으르다'의 동의어쯤으로 여기는 잘못된 생각 탓이다.

그러나 '그놈'을 게으른 곤충으로 여기는 것은 서양의 사고다. 우리 조상은 그놈을 무척 부지런한 곤충으로 여겼다. 그래서 이름도 '베짱이'라고 지었다. '스윽 쨱, 스윽 쨱' 하는 듯한 그놈의 울음소리가 마치 베를 짜는 듯한 소리처럼 들린다는 것이다. 우리 조상은 '베를 짜면서도 노래까지 부르는 신통방통한 녀석'으로 생각했는데, 서양에서는 게으름을 피우다 개미에게 신세나 지는 놈으로 여겼으니, 사람의 생각은 참 가지가지다. 아무튼 '개미와 ○○○'의 ○○○에 들어갈 곤충 이름은 '배짱이'가 아니라 '베짱이'이다.

'베짱이'를 '배짱이'로 잘못 쓰듯이, 모음 'ㅔ'로 써야 할 말을 'ㅐ'로 잘못 쓰는 말에는 '굼벵이'도 있다. '배뱅이'나 '장돌

뱅이' 따위처럼 우리말에 '-뱅이'가 들어가는 말이 많아 "매미의 애벌레"도 '굼뱅이'라고 부르는 듯하다. 별다른 재주는 없지만 그래도 구르는 재주는 있다고 하는 그놈의 바른 이름은 '굼벵이'이다. 또 "돌덩이보다 작고 자갈보다 큰 돌"을 일컬어 '돌맹이'라고 쓰는 사람이 많은데, 이 말 역시 '돌멩이'라고 해야 한다. 정말 자주 쓰고 흔한 말이지만 많이 틀리는 단어니 꼭 기억해 두자.

뻐꾸기의
생존 전략

뻐꾸기 수놈은 항상 전망이 좋은 곳에 앉아 뻐꾹뻐꾹 뻑뻑 국 하면서 운다. 암놈은 이렇게 못 울고 삣빗삐 하고 들릴락 말락 하게 운다. 뻐꾸기는 동남아에서 겨울나기를 하고 5월 보리가 필 때쯤 날아오는 여름 철새다. 여름철 우리 주변에서 뻐꾹뻐꾹 울어대는 뻐꾸기는 귀소본능이 있어 분명 작년에 이 부근에서 태어나 자란 놈일 것이다. 뻐꾸기는 다른 새들이 꺼리는 나방의 유충인 송충이나 쐐기벌레와 같이 털이 많이 난 모충을 즐겨 먹는다.

교미하기 위해 울어대던 수놈과 교미한 후 암놈은 탁란 장소를 발견하면 잽싸게 뱁새의 서너 개 알 중 하나를 제거하고 10초 남짓 걸려 알 하나만 낳고 달아난다. 이렇게 집집이 돌아다니면서 10여 개의 알을 탁란한다. 이 악랄한 이기적 유전자를 가진 뻐꾸기는 한집에 꼭 알 하나만 낳는다.

　이 뻐꾸기 얌체들은 집도 지을 줄 모르고 딴 새 둥지에 몰래 자기 알을 낳아 새끼 치기를 하는데 이를 탁란(托卵)이라 한다. 이런 기생(寄生) 새는 모두 두견이과로, 지구 전체 새의 1%(100여 종) 정도이고, 우리나라에도 뻐꾸기와 등검은뻐꾸기, 두견이, 매 사촌들이 있다. 이들은 숙주(宿主) 새인 뱁새(붉은머리오목눈이), 멧새, 개개비, 때까치에게 의탁하는데, 기생 새와 숙주 새가 서로 단짝이 정해져 있고, 알은 크기만 조금 클 뿐 모양과 무늬가 비슷하다.

　기생 새는 어김없이 덩치가 자기보다 작은 숙주 새를 고르는데, 이유는 새끼가 싸워서 이겨야 하기 때문이다. 몸길이가 33cm나 되는 뻐꾸기가 몸길이 13cm밖에 안 되는 뱁새에게 맡기는 것도 매한가지다. 어찌 이런 기구한 관계를 지속하며 긴 세월을 살아왔는지 모른다. 뱁새가 두 마리를 키우기는 버겁다는 것을 아는 모양이다. 어쨌건 탁란으로 성공하는 비율은 10% 정도라고 한다.

　알까기에 14일이 걸리는 뱁새에 비해 뻐꾸기는 9일이면 부화한다. 뻐꾸기 새끼는 부화 10시간이 지나면 날갯죽지로 뱁새 새끼나 알들을 밖으로 밀어내 버린다. 그리고는 아양을 떨며 어미의 사랑을 독차지한다. 여기서 이상한 것은 뱁새 어미가 뱁새알이나 새끼가 밖으로 밀려나는 것을 보면서도 아무런 조치를 안 한다는 것이다. 정말 뱁새 어미는 알고도 속아주는 것일까? 남의 새끼를 금이야 옥이야 보살피는 걸 보면 뱁새는 바보 새처럼 여겨진다.

송홧가루 날리는 오월이 오면 새끼가 다 커서 날 때가 된다. 이때 수놈은 여름 한나절 목이 터지라 울어댄다. 새끼를 부르는 것이다. 얼마나 처량하게 울어대는지 애간장이 타들어 가는 느낌이다. 어찌 보면 공짜로 내 새끼를 뱁새가 키워줬으니 그 정도는 해야지 하겠지만 애절함이 묻어나는 건 사실이다. 좌우간 뻐꾸기 새끼는 몸으로 낳은 어미와 가슴으로 품고 기른 두 어미가 있다.

3
장
—

이야기를 품은
자연

빗물
이야기

　빗물은 육지나 바다의 표면에서 하늘로 올라간 가장 깨끗한 증류수다. 빗물은 언제나 충분하게 많을 뿐 아니라 더없이 깨끗하다. 운반할 필요도 없고 아주 간단하게 정수해서 쓸 수 있다. 더 직설적으로 말하면 그저 잘 받아서 쓰기만 하면 된다. 비가 적게 오면 많이 올 때 받아서 저장해 둔 물을 꺼내 쓰면 된다. 이렇게 간단하고 좋은 방법이 왜 그동안 외면받아 왔을까? 아마 너무나 간단하고 누구나 할 수 있는 일이라서 사업의 대상이 될 수 있다고 생각하지 못했으리라.

　오늘날 세계는 물 부족, 아니 물의 위기에 처했다. 우리나라는 물 부족국가로 UN에서 선정된 지가 오래다. 물론 사용량과 필요량을 지나치게 부풀려 계산해서 만들어졌을 수도 있다. 한 해 동안 우리나라에 내리는 빗물의 양은 대략 1,300억 톤인데, 그것의 1~2%만 제대로 받아도 물은 부족하지 않다. 지금까지의 물 관리는 주로 강을 중심으로 하였다. 강을 막아서 댐을 만들고 그 댐을 통해서 홍수나 가뭄의 문제를 해결해 왔다. 수돗물도 강물을 끌어와 정수하여 공급한다. 그런데 비는 강에만 오는 것이 아니고 천지사방 어디에나 내린다.

2022년 강남에 집중된 호우로 물난리가 난 것은 우연이 아니다. 하루빨리 지하에 물 저장고를 설치하여, 지금은 먼 곳에서 물을 끌어와 쓰는 청계천으로 보내 활용하면 비용도 줄일 수 있을 것이다. 좌우간 빗물을 잘 활용하면 물 부족국가에서 벗어날 수 있다.

우리가 일상에서 사용하는 물품들은 빗물보다 훨씬 더 산성이다. 어떤 샴푸와 린스는 산성비보다 100배쯤 강한 산성이다. 오렌지주스는 100배, 콜라는 500배쯤 강한 산성이고, 일본의 유황 온천물도 100배나 강한 산성이다. 그런데 우리나라는 산성비가 내린다고 호들갑을 떨곤 한다. 우리나라의 빗물은 수십만 년 동안 날아와 쌓인 황사 때문에 땅에 닿자마자 중화가 된다.

빗물의 산성도가 얼마인지 서울대학교 빗물연구센터 한무

영 교수팀이 분석해 보니, 옥상에서 받은 빗물은 산성도가 약 산성인 PH5.6이었는데 지붕면과 홈통을 통과하는 짧은 시간에 7~8.5 정도의 약알칼리성으로 변한 것을 알 수 있었다고 한다. 우리가 일상적으로 사용하는 우유(6.4~7.6)를 제외한 오렌지주스(2.2~3.0)와 샴푸와 린스(3.5), 콜라(2.5), 식초(3.0), 유황온천(2.7) 모두 빗물보다 100배 이상의 높은 산성이다. PH7이 중성인데 이를 기준으로 이하를 산성이라 하고 이상을 알칼리성으로 나타낸다. 숫자 1의 차이는 10배, 2의 차이는 100배, 3의 차이는 1,000배가 되는 것이다. 미국의 건강 및 의학 연구위원회의 발표에 의하면 PH2.5와 11 사이에 있는 음식이나 음료는 건강에 나쁘지 않다고 한다.

비를 맞는다고 해서 머리카락이 빠지거나 하는 등의 문제가 전혀 없을 뿐만 아니라 오히려 수돗물에 샴푸로 감는 것보다 빗물로 감는 것이 더 깨끗하고 머릿결이 좋아진다는 것은 이미 실험으로 입증되었다.

방안에 담아 놓은 그릇의 물이 자고 나면 줄어들고, 젖은 빨래도 말라버린다. 그 증발한 물은 사라진 것이 아니라 한 치의 오차 없이 대기 중에 머무른다. 그 이유는 지구를 돌고 있는 달이 수분 증발을 막아주기 때문이다. 사람 몸의 수분이 70%

가 변하지 않듯, 지구의 물도 70%로 변하지 않는 이유이다. 바닷물이 짜지만 증발하는 수증기는 순수한 물이다. 이 수증기가 구름을 만들어 무게가 무거워지면 지구의 중력에 의해 떨어지는 것이 비다.

중국에서 날아오는 황사나 미세먼지가 심한 날, 비가 온다고 가정하면 황사는 아무런 걱정이 없으나 미세먼지는 비가 시작되고 20분이 되어야 깨끗한 비가 된다고 한다.

빗물을 모아보면 먼지나 이물질이 들어와 지저분해 보인다. 이 때문에 사람들은 빗물에 대한 그릇된 편견을 가진다. 하지만 이는 빗물 자체의 문제가 아니다. 그것은 적절한 빗물 저장조의 설계 방법이나 유지관리 방법들로서 얼마든지 개선할 수 있으므로 별문제가 안 된다. 결론은 빗물을 깨끗하게 모아 잘 관리하면 많은 사람에게 안전한 물을 공급할 수 있다는 것이다.

빗물에 대한 세간의 편견은 대단하다. 특히 정서적인 편견을 뛰어 넘기가 만만찮다. 이론보다는 사람을 설득하는 행동이 필요하다. 산성비를 맞으면 머리카락이 빠진다며 기겁을 할 정도로 비에 대한 공포 비슷한 행동을 보이는 사람이 많다. 염소가 섞이지 않은 빗물로 꽃과 풀, 나무에 물을 주면 벌과 나비까지 행복해진다. 이제부터라도 산성비라며 호들갑을 떨지 말고 순수한 빗물에 관심을 가지고 지붕 위에 공짜로 떨어지는 빗물 이용에 적극적으로 나서야 한다.

장독의
과학적 고찰

언제나 이맘때면 고향 집 장독대 위의 하얀 눈이 그립다. 집집마다 장독대의 풍경은 다르지만 유독 내 어머니의 장독대 관리는 남달랐다. 거의 매일이다시피 쓸고 닦아 반질거리고 윤이 났다. 해마다 씨를 뿌리지 않아도 봉숭아가 2~3그루 자라 누나와 여동생들이 손톱에 물들이는 모습도 삼삼하다.

도기(陶器)는 질그릇을 이르고, 옹기(甕器)도 질그릇인데 단지라고도 부르고 장독이라고도 부른다. 둘 다 섭씨 700~800도 정도에서 구운 것으로 표면을 매끈하게 해주는 전통 유약을 바르는 그릇이다. 자기(瓷器,磁器)는 그보다 훨씬 높은 섭씨 1,200~1,400도에 유약을 발라 구운 그릇이다. 도기와 자기를 구분하는 기준이 온도와 관계있는 것처럼 항아리 배가 불룩

한 것도 온도와 관련이 있다. 항아리 배를 불룩하게 만든 것은 항아리 안 온도가 고루 퍼지게 하기 위해서다. 만약에 항아리가 원통 모양이면 햇볕을 받는 윗부분만 온도가 높을 것이다.

그럼 항아리 배를 불룩하게 만들면 어떤 차이가 있을까? 배가 불룩하면 태양이 내리쬐는 열과 땅에서 올라오는 열을 골고루 받을 수 있다. 그뿐만 아니라 항아리 안이 둥근 원 모양이어서 열 순환도 잘 되고, 항아리 안의 온도가 일정하다. 내부 온도가 일정하면 벌레와 곰팡이를 자연적으로 막아주고 음식을 맛깔스럽게 발효시켜주는 역할도 한다. 둥글면 당연히 양도 많이 담기고, 가마에서 구울 때 모양이 찌그러지거나 주저 앉을 염려도 줄어든다.

고려청자나 백자처럼 섭씨 1,200도 이상 높은 온도까지는 가지 않지만, 도기나 옹기도 우선 흙을 잘 선택해야 한다. 남부지방에서 제일 질이 좋은 고령토로 만드는데, 흙 속의 불순물을 제거하고 철분 함량과 유약의 두께를 잘 살핀 다음, 가마 안 온도와 공기량을 꼼꼼히 조절해야 한다.

몇 년 전 TV 프로그램에서 우리나라의 전통 장독에 대해 특별한 장면을 내보낸 적이 있다. 벌들이 날아와서 장독의 입구 쪽이 아닌 중간 여기저기에 붙어있는 장면이었다. 장독이 숨을 쉰다고 말만 들었는데 그 현상을 벌들이 증명하는 장면이었다. 그렇다면 우리나라 고유의 장독에 어떤 과학적인 원리가 숨어 있기에 이런 신기한 현상이 일어나는 것일까? 벌들이 날아오는 것은 장독 안 내용물의 냄새가 밖으로 배어 나오기 때문이다.

장독의 파편을 현미경으로 관찰하면 수많은 기공이 모여 있는 것을 볼 수 있다. 장독을 만드는 재료가 되는 흙은 입자 크기가 불규칙하기에, 굽는 과정에서 이 불규칙한 입자들이 아주 작은 공간들을 만들어 낸다는 것이다. 이 숨구멍은 공기는 투과하지만, 물이나 그 밖의 내용물들은 통과시키지 못한다. 그래서 발효를 시키거나 독 안에 음식을 저장하면 독 바깥에서 신선한 산소들이 공급되어 발효 작용을 돕는다. 또한 공기 순환도 원활하게 잘 이루어져서 음식의 신선도가 오래 유지되기도 한다.

장독의 숨구멍이 생기는 과정을 좀 더 자세히 살펴보면, 용기를 굽는 온도가 800도 이상이 되면 '루사이트 현상'이 일어난다. 루사이트는 백류석이라고도 부르는 일종의 화산암이며, 자연 상태에서는 화산의 용암이 굳은 곳 등에서 관찰이 된다. 장독이 구워지는 동안 재료인 고령토가 이 루사이트로 변하게 되는데 이때 광물의 결정구조의 한 축을 이루고 있던 결정수들이 빠져나가면서 미세한 공간이 생기게 되는 것이다. 이 기공은 공기는 통과하지만, 물은 투과하지 못할 정도로 아주 작은 스펀지 구조를 이루고 있다.

이렇게 장독이 제구실하려면 당연히 재료가 되는 흙부터 좋은 것을 골라야 한다. 그러나 결정적인 것은 겉에 바르는 유약이다. 전통적인 유약을 쓴 재래식 장독을 최상품으로 치는데, 여기서 천연유약이란 솔가루나 콩깍지 등에다 특수한 약토를 섞어 두 달 이상 삭힌 뒤 앙금을 내린 잿물이다. 이것이 흔히 말하는 조선 유약이다.

또 장독은 지방마다 조금씩 다르다. 남부지방에서는 기온도 높고 일조량이 많아 수분 증발을 최소화하기 위해 배가 부르고 입을 적게 만든다. 반대로 중부 이북 지방에서는 기온이 낮고 일조량이 적어 대체로 입이 크고 배가 홀쭉하며 키는 큰 편이다. 나이 많은 할머니들이 똑같은 재료로 장을 담갔는데 맛이 틀리게 나왔다면, 이는 손맛이 변한 게 아니라 장독이 달라서 일어난 경우일 수가 있다.

이쯤에서 보면 장독 하나에도 상당히 복잡한 과학적 원리가 얽혀 있음을 알 수 있다. 추억 속에 아른거리는 어머님의 장독대는 사라져 없어졌지만, 유독 발효음식이 발달한 우리나라의 간장, 된장, 고추장으로 대변되는 장독은 이제 K-음식으로 세계의 여러 곳곳을 누빌 것이다.

어머님의 장독대

참으로 먼 길 돌아와
마루에 걸린 어머님 초상화를 보면
천상에서 내려다보시는 그윽한 눈빛
가슴으로 쏟아내린다.
사람은 별로 태어나 별로 돌아간다면서
굽은 허리 두드려 일으켜 세우곤
정화수 가득 별 소복이 담기면
달빛에 반질거리는 앞줄 장독대에 서서
솔 껍질 같은 손 비비며 굽은 허리 기역자 된다.
정화수 놓던 그 자리
봉숭아 피어 반기고
이슬 많은 자리가 명당이라던

수많은 밤을 별과 이야기를 나눈 울 어머닌

지금쯤 새벽 샛별 되셨을 거다.

봄의 꽃이
시(詩)가 되기까지

– 슬도(瑟島) 탐방

3월 말, 벚꽃의 꽃비가 쏟아지는 봄의 휴일. 물이 오를 대로 오른 절정의 봄꽃 향내가 천지에 가득했다. 박목월의 '4월의 노래' 속 목련꽃 그늘이 아니라도 어차피 갈 봄인데, 섭섭지 않게 놀아주다가 보내는 게 봄에 대한 예의 같아서, 아내와 나는 방어진 울기등대를 찾았다.

봄꽃 피는 순서로는 유채가 1등인데, 목련, 진달래, 벚꽃, 개나리, 유채 순으로 꽃잎이 사라진다. 아직 화려한 봄빛으로 두 해살이풀 유채가 만발하여 우리 부부를 반겨주었다. 벌써 꽃대 하단에는 씨를 맺으면서 총상화서로 긴 목을 빼어 벌, 나비를 부르고 있었다. 슬도 가는 숲길에 꼭 찾아보라는 好好나무(연리목)는 보지도 못하고, 바닷가의 거센 봄바람에 모자를 날려도 황톳길 흙먼지를 조금 뒤집어써도 즐거웠다. 방어진 등대를 지나 슬도(瑟島)의 소리 체험관을 찾았다.

슬도는 원래 섬이었다가 방어진항과 이어져 현재는 섬이라는 명칭을 붙이기가 어색해졌다. 슬도의 슬(瑟)은 '큰 거문고'를 의미한다. '갯바람과 파도가 바위에 부딪칠 때 거문고 소리가 난다'하여 슬도(瑟島)라 불렀다. 거문고 소리가 듣고 싶어 소리 체험관을 찾아가는 발걸음이 가벼웠다. 바닷가를 걸으면서 본 거센 봄바람에 슬도의 파도가 여울져 밀려오는 광경은 장관이었다.

내부 수리를 마친 소리 체험관의 거문고 소리는 바람이 만들어 내는 파도 소리와 엇비슷하여 몇 번이나 거문고 줄을 팅겨보았다. 소리 체험관의 소리 9경은 동축사의 새벽 종소리, 마골산 솔바람 소리, 옥류천 계곡물 소리, 현대중공업의 배 엔진소리, 첫 운항을 알리는 뱃고동 소리, 울기등대의 소소한 솔바람 소리, 대왕암 해변의 몽돌 사이로 빠져나가는 파도 소리, 주전 해안의 몽돌 사이로 드나드는 파도 소리, 마지막으로 슬도의 바위구멍 사이로 드나드는 파도 소리다.

벚꽃

구름일 듯 피어나 거대한 한 송이로 이레
작은 나비 되어 꽃비로 사흘
내 현기증 나는 그리움의 여운으로 하루
벚꽃의 한 생은 열하루이다.

시인은 시를 쓴다고 하고, 시가 내게로 왔다고도 하고, 어떤
이는 떠내려가는 봄꽃에 건졌다고도 하고, 또 꽃향기를 타고
가슴에 날아들었다고도 한다. 그래서 봄이 되면 시인은 꽃과
꽃 사이를 꿀벌처럼 분주히 날아다니다, 꽃 너머 아득한 시간
의 저편을 보게 된다. 미련 없이 사라져간 지난봄의 여운이 되
살아나는, 순수의 시간이 돌연 꽃을 통해 슬쩍 떨구는 그림자
를 붙드는 작업이 꽃 시의 본질인지도 모른다. 그처럼 꽃에 대
한 시는 특별한 감흥과 운명처럼 스치는 직감을 그림자 같은
투영으로 그려내는 작업이리라.

– 봄 보내기

　봄이 절정을 향해 치달을 때 시선이 닿는 곳곳에서 방글대는 봄꽃은 그대로 축복이다. 내일모레 떠나갈 봄을 생각하면 섭섭하기 그지없어 아내와 운문사로 향했다. 정갈한 송림 길에 이어지는 사리암 가는 탐방 길이 너무 정겨워 차를 세우고, 언양보다 2~3일 늦은 운문사 진달래와 개나리 향기에 흠뻑 취했다. 언젠가 이 추억은 곤충 채집하듯 내 뇌리에 꽂아둔 영원한 현재형이 되어 가끔 웃음을 짓게 할 것이다.

개나리

행여 아스라한 봄 길 잃을까?
하늘이 내려 준 잉태
귀천 없이 품고 길러내어
토해 놓은 노랑 병아리
한 번은 맹추위에 울었음 직한 그리움은
나의 사랑 고백인 양

자지러지는 웃음 숨기며

임 발걸음 소리에 귀 기울인다.

〈개나리〉

– 시(詩), 그 순간의 영감

시란 순간에 오는 영감이라고 말한다. 그 순간이 오기까지 얼마나 큰 노력과 명상, 시구 하나를 맞추기 위한 압박감에 잠을 설치며 고민한다. 거기다 한평생 사유하고 손에서 놓지 않은 명작을 읽지 않고서 순간의 영감을 바라는 것은 무리다. 개나리와 관련한 시를 지어봐야지 하고 마음먹은 지가 꽤 오래되었다. '꽃에 관한 시를 쓴다는 게 꽤 힘들구나!' 하고 느끼며 끙끙댔다. 벚꽃과 어우러져 하늘거리는 개나리꽃을 보내며, 가녀린 가지 끝까지 꽃망울을 피워 올리는 저 옹골참은 냉혹한 추위에 부대끼며 한번은 울었음직한 가녀린 가지에 보낸 측은함에서 건져 낸 순간의 영감이다.

반구대 암각화의 비명

1971년 12월 불교 미술사학자 문병대 교수가 울주군 대곡천 일대를 조사하고 있었다. 답사팀이 오니 동네가 떠들썩했던 모양이다. 마을 사람들이 다가와 귀가 번쩍 뜨이는 이야기를 했다. 점심 먹고 나무하기 전에 쉬고 낮잠 자는 곳에 호랑이 그림 같은 게 있다는 것이다. 찾아가 보니 가로 10m, 세로 4m 바위벽에 300점 넘는 동물·사람 그림이 빽빽했다. 우리 문화재의 만형으로 부르는 울산 반구대 암각화는 이렇게 처음 모습을 드러냈다.

반구대 암각화는 5,000~7,000년 전 신석기시대 사람이 남긴 것으로 추정된다. 새끼를 업은 고래, 벌거벗고 춤추거나 피리를 부는 사람, 우리에 갇힌 호랑이 등 온갖 바다와 육지 동물까지 다양한 형태의 동물을 그려져 있다. 문자로 전해지지 않는 선사시대인의 삶을 생생하게 알 수 있어 그림으로 쓴 역사책이라고 불린다. 여러 사람이 배를 타고 고래를 잡는 모습은 세계에서 가장 오래된 고래 사냥 그림으로 꼽힌다. 그러나 이 귀중한 유적이 문화재(국보285호)로 지정된 것은 발견 후 24년이나 지난 1995년이었다.

비바람 속에서도 수천 년 원형을 간직해 온 암각화가 세상에 알려진 후 병을 앓기 시작했다. 지방 기관장들은 임기가 끝나면 반구대 암각화 탁본을 기념으로 챙기는 게 유행이었다고 한다. 병풍을 만들기 위해서였다. 어떤 사람은 탁본해 연구자들에게 팔러 다니기도 했다. 반구대 암각화가 발견되기 6년 전 울산 주민에게 식수 공급을 위해 대곡천 하류에 지은 댐은 더 큰 문제였다. 댐 최고 수위는 해발 60m이고 반구대 암각화는 해발 53m에 있다. 댐에 물이 차 암각화가 물에 잠기는 날이 일 년에 여덟 달이나 됐다. 이런 물고문에 암각화는 갈라지고 부스러져갔다.

계묘년 정월에 답사하면서 벽면을 응시하니, 바위 벽면에 황톳빛 흙물이 뿌옇게 묻어 있어 눈으로 확인할 수 있는 그림은

30~40점 정도로 줄었고, 바위 표면은 24% 정도로 망가졌다. 정부가 반구대 암각화를 보호하기 위해 주변에 임시 제방을 두르는 방안을 추진한다고 한다. 일단 둑으로 물을 막아 암각화를 물에서 구출하고, 울산시민 식수원 대책이 마련되면 댐 수위를 낮추고 제방을 허문다는 방안이다. 지난 십수 년간 문화재청이 댐 수위를 낮추는 방안, 울산시가 제방을 쌓는 방안을 갖고 싸우는 중에도 반구대 암각화는 계속 망가지고 있다. 스페인 알타미라, 프랑스 라스코 동굴벽화처럼 세계에는 1만~3만 년 되는 선사시대 그림도 많다. 우리도 반구대 암각화 하나쯤은 온전히 후손에게 물려줄 수 있도록 지혜를 모아야 한다.

반구대 가는 길

역사는 끊임없이 흐르는 삶의 연속이다
뭉텅 잘려 나간 7,000년 전의 별빛으로 그려낸 그림이고 보면
왜 그리 그리움만 솟는지
동매산 그늘 끝을 잡고 묵중한 산의 침묵이 주는
산자락 마루금을 보며 깊고 깊은 계곡의 물소리를 따라

오지(娛地)인 반구대에 들어서면

산기슭 아늑한 영지 거북 한 마리 넙죽 엎드린 곳에 반고 서원을 열고

학동을 가르친 포은 정몽주 선생의 인품이 녹아든 유배지

갈대, 억새, 버들이 줄지어 너울대고

놀란 개구리 물가로 잠방대면 까만 실잠자리 덩달아 나풀거리는

대곡천 계곡은 글자 그대로 목가(牧歌)다.

호랑이, 고래, 거북, 사람까지 모든 동물을 합쳐

300여 점의 동물을 새긴 반구대 암각화는 신석기시대의 귀중한 유적으로

유네스코 세계문화유산으로 등재될 국보다.

내 꼭 한번 걸으리라 다짐한 대곡천 계곡

고래가 가장 깊숙이 찾아든 내륙의 고향 집을 찾아

생명 탄생의 통로인 바위 벽면에서

별과 고래에 얽힌 이야기를 주워 볼 심산으로

터벅터벅 암각화로 향한다.

반구대

(고래들의 학춤)

옛사람의 흔적

영겁으로 흐르는 생성과 소멸을 반복하며

별빛으로 그려가는 그림은

마침내 북두칠성과 서로 빛을 교차한다.

돌에 세긴 고래는 7,000년이 되면 바다로 떠난다며

자기 존재의 별빛을 구르고 굴러 둥글 게 둥글 게 키운다.

고래 등 짝에 창을 꽂지 못해 배에서 쫓겨난 젊은이가

칡 줄에 몸을 달고 바위에 붙어 백일기도를 해가면서

한 마리 한 마리 새김을 마감한 바위 벽면에 북두칠성이 어

리자

안개에 휩싸인 바다와 땅의 경계는 허물어져 한 몸이 된다.

환하게 웃음 띤 젊은이가 망치와 정(釘)을 내던진다.

칡 줄이 끊어지며 고래와 함께 바다로 떠내려간다.

모여든 고래들이 윙윙거리며 원을 그린다.

그를 등에 태운 고래가 춤을 추자

바다를 가득 메운 고래들이 춤을 춘다.
덩실덩실 학춤을 춘다.

소나무와
바위 이야기

소나무는 바위를 참 좋아한다. 얼마만큼? 하늘땅만큼 일지 모른다. 그럼 바위도 소나무를 그렇게 좋아할까? 운 좋게 나는 금강산을 두 번 갔는데 만약 바위 위의 멋진 소나무들이 없었다면 금강산도 그저 그런 산일 거다. 그럼 소나무는 어떤 비밀이 있기에 바위 위에서 멋진 모습으로 자랄까? 그래서 소나무에 첫 번째 던진 질문이 "소나무 님 아무 먹을 것도 없는 바위 위에서 극한의 추위와 타는 듯한 불볕더위를 견디며, 우아하고 멋진 모습으로 어떻게 살아갑니까?"라고 물으니 싱긋이 웃기만 하고 말을 안 하기에 귀찮아, 할 정도로 묻고 물으니 넌지시 가르쳐 주었다.

– 소나무가 들려준 이야기

첫째, 바위 위는 다른 나무의 간섭 없이 햇볕을 맘껏 쬘 수
　　　있고, 화재 발생 시 피해를 덜 입습니다.
둘째, 1년에 한 겹씩 늘어나는 껍질 덕분에 물을 흠뻑 머금
　　　어 가뭄과 불볕더위에도 잘 견딘답니다.
셋째, 몸 전체에 송진이 있어 추위나 더위에도 견디며, 바
　　　위 위는 다른 동물과 사람의 접근이 거의 없습니다.
넷째, 바위 위는 홍수가 나도 든든하고, 잎이 바늘잎이라 추
　　　위와 더위에도 강하며 수분 증발이 적습니다.
다섯째, 바위는 밤새 내린 이슬을 모아 보내주고, 낙엽과 먼
　　　지를 붙들어 영양을 공급해 줍니다.
여섯째, 바위는 태풍이 불면 뿌리를 든든하게 잘 붙들어 넘
　　　어지지 않게 해줍니다.
일곱째, 바위 표면에 이끼를 불려다 키워 수분을 공급해 줍
　　　니다.
여덟째, 소나무 그늘이 시원하게 해주면, 바위는 춤이라도
　　　출 듯이 좋아합니다.
아홉째, 동산에 달이 뜨면 소나무 가지에서 새가 노래를 불

러줍니다.

열 번째, 사시사철 변치 않는 믿음직한 바위가 사랑만 듬뿍 주지 일체 간섭을 안 합니다.

오! 정말 멋지군요. 그럼 처음부터 바위도 소나무를 사랑한 겁니까?

아니죠. 사실 이 세상에 형상이 있는 사물은 모두 없어지잖아요. 이건 비밀인데 제(소나무)가 바위에 뿌리를 내릴 때부터 받은 천명은 빨리 커서 이 바위를 깨뜨리라는 겁니다. 바위는 그 사실을 알기 때문에 처음엔 완강히 내치다가 끝내 죽지 않고 뿌리를 내리면, 살려는 모습이 측은하여 바위는 숙명으로 받아들이고 어린 소나무를 키운답니다.

사실은 바위가 깨어지는 원인은 소나무가 제공하지만, 자연의 힘을 빌리지 못하면 엄두도 못 내죠. 소나무 뿌리가 벌려 놓은 바위틈에 물이 고이고 얼음이 얼면서 쩍 갈라지는 순간에 소나무의 삶도 끝나지만, 그동안 정들었던 바위가 산산이 부서지는 것은 너무 슬프답니다.

171

아! 그렇군요. 천명이라니 숙연해집니다.

– 바위가 들려준 이야기

오늘 아침 파래소 폭포 입구 탐방로에서 이제껏 안 보이던 바윗돌이 산에서 굴러온 것을 보고 바위에 물어보았다.

바위야 대체 넌 어디서 뭘 하다 여기까지 굴러왔니?

예, 저 산 중턱에 살았는데 어젯밤에 여기까지 굴러왔는데요. 바위가 깨어지면서 우리 가족들은 뿔뿔이 다 흩어졌어요. 할아버지께서 말씀하시기로는 할아버지가 어릴 때 소나무 어린싹이 바위틈에서 자라기 시작했데요. 아무리 내쳐도 끝끝내 살아남았기에 애처로워 보살피기 시작했답니다.

저도 어린 소나무와 친구가 되어 잘 지냈는데, 소나무가 자라니 바위틈은 조금 벌어졌지만, 여름엔 그늘을 만들어 주어 시원하여 좋았고, 사시사철 새들이 놀러 와 노래를 불러줄 때는 황홀하여 덩실덩실 춤도 추었답니다. 제법 소나무가 멋지게 자라 바위와 어우러진 모습이 좋아지자, 시인과 화가들이 찾아와 시도 짓고 그림도 그렸답니다. 그때는 천지에 부러울 것이 없을 정도로 좋았답니다.

〈소나무와 바위〉

그런데 그저께 내린 많은 눈이 녹아 바위가 질퍽했는데, 밤새 맹추위가 몰아쳐 쩍 하는 소리와 함께 소나무도 넘어지고, 바위도 산산조각이 나면서 산 아래로 굴러 여기까지 왔어요. 아저씨, 엄마 아빠를 찾아야 하는데 어떡하죠?

오! 그랬었구나! 바위야. 어떡하지 저 밑 계곡으로 굴러갔을 텐데, 찾을 수가 있을지 모르겠네? 그럼 저를 계곡으로 굴러 주셔요. 그래 굴러 주마. 잘 가 꼬마 바위야 울지 말고 잘 찾아야 해. 그렇게 울며불며 어머니를 찾아 나선 꼬마 바위는 산 아래 계곡으로 굴러가다 바위에 부딪혀 산산조각이 나며, 일부는 돌멩이가 되고 일부는 모래가 되면서 뿔뿔이 흩어져 버렸다.

아리랑(我理朗)과
도라지(道我知)

"아리랑 아리랑 아라리요 아리랑 고개를 넘어간다. (여음)
나를 버리고 가시는 임은 십 리도 못 가서 발병 난다. (사설)"

우리는 아리랑을 흔히 사랑에 버림받은 어느 한 맺힌 여인
의 슬픔을 표현한 노래로 생각하는데 그게 아니다. 원래 참뜻
은 '참 나를 깨달아 인간완성에 이르는 기쁨을 노래한 깨달음
의 노래'라고 한다. 아(我)는 참된 나(眞我)를 의미하고, 리(理)
는 알다, 다스리다, 통하다 라는 도리(道理) 리이다. 랑(朗)은 즐
겁다, 밝다는 뜻의 즐거울 랑, 밝을 랑이다. 그래서 아리랑은
참된 나(眞我)를 찾는 즐거움이라는 뜻이다. 아리랑 고개를 넘
어간다는 것은 나를 찾기 위해 깨달음의 언덕을 넘어간다는

의미이고, 고개를 넘어간다는 것은 곧 피안의 언덕을 넘어간다는 뜻이다. 나를 버리고 가시는 임은 십 리도 못 가서 발병난다는 뜻은 진리를 외면하고 오욕락(五慾樂)을 좇아 도를 닦는 고통을 견디지 못하고 포기하고 돌아가는 자는, 얼마 못 가서 후회하며 고통을 받는다는 뜻이다. 이러한 아리랑의 이치와 도리를 알고 나면, 아리랑은 한(恨)의 노래나 저급한 사랑노래가 아님을 알 수 있다.

이 아리랑이 2002년 7월 2일 영국, 미국, 프랑스, 독일, 이탈리아 작곡가들로 구성된 세계에서 가장 아름다운 곡 선정대회에서 가장 완벽한 리듬과 음률이라는 극찬을 받으며 82%라는 높은 지지율로 1위로 선정되었다.

2006년 6월 대한민국 정부는 설문조사를 토대로 한국을 대표하는 '100대 민족문화상징' 중 하나로 아리랑을 선정했다. '시간적·공간적으로 가장 널리 불리는 민족의 노래'라는 것이 선정 이유였다. 근대 이전의 아리랑은 전통사회의 서민들이 느끼는 기쁨과 슬픔을 담고 있었다. 일제 강점기에는 한민족이 겪어야 했던 개인적·국가적 차원의 고난, 가슴속에 품은 독립을 향한 열망을 표현하는 수단으로 아리랑을 불렀다. 한국인들이 부르는 아리랑의 가락을 타고 전달되는 이러한 희망과 염원 덕분에 아리랑은 여전히 살아 숨 쉬는 문화유산으로서 현세대에서 다음 세대로 면면히 전승되고 있으며, 전 세계인의 애창곡이 될 날도 멀지 않은 듯하다.

도라지(道我知)는 여러해살이풀로 산과 들에서 키 40~100cm 자란다. 잎은 어긋나고 긴 달걀모양이며 가장자리에 톱니가 있다. 종처럼 부풀어 오른 꽃봉오리가 터지면서 종 모양의 꽃을 7~8월에 피운다. 꽃잎은 가장자리가 5개로 갈라져 뒤로 젖혀진다. 열매는 삭과이고 달걀모양이며 9~10월에 꽃받침 조각이 달린 채로 익는다. 20년 전만 해도 산길을 걸으면 길가나 무덤가에서 흔하게 보던 도라지와 춘란, 할머니 꽃 등도 만나기는 이제 매우 힘들어졌다. 그만큼 숲이 우거지다 보니 햇볕을 많이 쬐어야 살아가는 야생화 종류는 자연적으로 서식지가 줄어든 영향이 가장 큰데다 사람들이 보는 족족 다 캐어버리기 때문이다.

그런 이유로 해서 신불산 휴양림 화단에 도라지 씨를 뿌렸는데, 발아율이 높아 화단 가득 도라지꽃이 피었다. 산속 길가에 뿌린 도라지는 싹이 올라오기가 바쁘게 토끼나 고라니 등이 싹둑 잘라 먹어 한 포기도 자라지 못했다.

도라지(道我知)는 참 나를 알아가는 길이고, 백도라지(白道我知)는 참 나를 알면 신선이 된다는 뜻이라고 한다. 꽃말이 영원한 사랑이며, 별 모양으로 흰색과 보라색 두 가지 색이다. 도라지꽃을 보노라면 청초하면서도 애달픔이 느껴진다. 그래서인지 모진 세월 속에서도 꿋꿋이 살아가는 국민의 삶을 대변해주었던 민요 속에 도라지가 자주 등장한다.

"도라지 도라지 백도라지 심심산천에 백도라지 한두 뿌리만 캐어도 대바구니에 슬슬슬 다 넘는다."는 가사가 생각난다. 이렇게 전해오는 가사와 함께 우리에게 익숙한 도라지는 부드러운 어린싹과 잎뿐만 아니라 뿌리를 말린 것은 고사리나물 등과 함께 삼색나물 중 하나로 제사상에 올랐다. 또 쇠고기 버섯과 함께 꼬챙이에 꿰어 튀긴 음식을 화양적이라고 하여 즐겨 먹기도 한다.

한방에서는 도라지를 길경(桔梗)이라 하여, 폐를 맑게 하고 답답한 가슴을 풀어주며 배 속의 찬 기운을 풀어주는 등 다양한 약리작용을 한다고 한다. 감기나 급성 인후염으로 목이 아프거나 편도선염이 심할 때는, 도라지, 감초 각 10g을 달여 마시거나 자주 입가심하면 탁월한 효능을 보인다. 몽글한 백도라지 봉오리를 보며 시(詩) 한 수 읊어본다.

도라지

해맑다
영겁의 하얀 비밀 한 움큼 쥐고
새벽이슬 털면
살포시 해님 향해 고개를 들다.
빵! 몽글한 꽃봉오리가 터진다.
하이얀 새색시 옷고름 물고 얼굴 붉히면
도라지 도라지 백도라지 노래
어머님 숨소리 되어 따라온다.

＊ 도라지(道我知)는 참 나를 알아가는 길이고,
　 백도라지(白道我知)는 참 나를 알면 신선이 된다는 뜻이다.

〈도라지〉

소나무의 꿈과
여인의 꿈

소나무의 꿈은 "천년을 살고 베어져 궁궐의 동량목이 되어 또 천년을 사람들로부터 사랑을 받는 거"라고 한다.

우리나라 사람의 소나무 사랑은 유별나다. 조사기관별로 조금의 차이는 있지만, 대략 40~45% 정도의 국민이 제일 선호하는 나무로 선택한다. 그도 그럴 것이 소나무는 민초의 삶과 애환이 고스란히 배어있다. 사계절 내내 푸른 잎에다 집을 지을 때도 기둥과 상량목은 반드시 소나무를 썼고, 보릿고개 시절엔 소나무 속피를 벗겨 연명했다. 솔잎을 깔아 송편을 찌고, 송홧가루를 모아 약식을 만들고, 소나무 뿌리로 벌어진 바가지를 깁기도 하였다. 겨울엔 송진이나 소나무 밑에 떨어진 잎(갈비)을 모아 연료로 사용했다. 또한 소나무 뿌리 곁에서 나는 송이버섯을 버섯 중 으뜸이라며 좋아한다.

그러다 보니 인간처럼 정 2품이란 벼슬을 정부로부터 받아도 이상치 않았고, 거기다 어떤 사람은 재산을 소나무에 상속한 사람도 있는데, 예천에 가면 그 소나무를 볼 수 있다. 예나 지금이나 흰 눈이 내리는 겨울이면 사시사철 푸르른 소나무는 사람의 경외 대상이 되어 사군자의 으뜸으로 기세가 등등하다. 그런데 소나무에도 1988년에 시련이 왔다. 다름 아닌 재선충이란 병충해 때문이다. 재선충은 1972년 초에 일본에서 발생하여 예방과 치료가 안 되니 속수무책으로 일찍이 포기하여 삼나무나 편벽으로 소나무 빈자리를 대체하였다.

그 병이 우리나라에 1988년에 왔다. 처음엔 재선충이 뭔지도 모르고 소나무 잎이 벌겋게 마르면서 소나무가 여기저기서 죽으니, 솔잎혹파리와 솔나방, 소나무깍지벌레가 일으키는 병인가 싶어 공중에서 살충제를 뿌려도 아무 소용이 없이 전국으로 퍼져나갔다. 매년 수십억의 예산을 들여 방제해도 소용이 없으니 소나무가 곧 사라질 거라고 예단하는 사람도 많았다. 재선충이 파고든 나무는 솔잎이 아래로 처지며 시들기 시작해서 3주가량 지나면 잎이 갈색으로 변하는 걸 보고 나무가 죽어가는 것을 안다.

2014년에는 서울지역에서 발견되어 산림청을 긴장시켰다. 결국 고사목을 벌채하여 훈제처리한 후 천막으로 덮는 게 최고의 방법임을 알고 전국의 산에 소나무 무덤이 늘어났다. 전국으로 벌채업체가 우후죽순처럼 생기고, 급속도로 소나무 무덤이 늘어났다. 나무가 죽고 나면 재선충이 나가고 없는데도, 무덤을 만들고 사진을 제출해야 돈이 되니 죽은 나무는 전부 무덤을 만드는 것이다. 그러다 예상치 않게 산에 불이 나니 불쏘시개가 될 줄은 아무도 몰랐다.

어쨌든 소나무는 포기할 수 없는 한민족의 상징성 때문에 지금도 소나무 무덤은 급속도로 늘어가고 있다. 재선충은 1mm 내외의 실 같이 생긴 선충인데 자기 혼자서는 움직이지 못해 소나무 안쪽 껍질을 갉아 먹는 매개충인 솔수염하늘소나 북방수염하늘소에 기생하여 옮긴다. 재선충 한 쌍은 20일이면 20만 마리로 늘어난다고 하니 그 전염 속도가 짐작되리라 여겨진다. 현재까지 감염되면 치료약이 없어 100% 고사한다.

"여인의 꿈은 내 몸으로 성인을 낳는 거"라고 하는데, 신사임당이 성인 율곡을 탄생시킨 일화가 있다. 파주는 율곡 이이의 고향이며 율곡의 호 율은 밤(栗)이며 곡은 골짜기(谷)이다.

율곡의 아버지(이원수)가 강릉에 사는 신사임당과 결혼하였다. 그 당시 결혼을 하면 집안의 가세가 좋으면 친정집에 3년을 머물다 시집으로 가고, 가세가 약하면 3개월 정도 친정집에 머무르는 관습이 있었다. 율곡의 아버지 이원수는 서울에서 과거 공부를 하다 신부 생각이 나 도대체 공부가 되지 않았다. 그래서 바로 걸어서 강릉으로 향했다. 그 당시로는 서울에서 강릉까지 이틀이 걸리는 거리라 주막집을 두 군데 거쳐야 했다. 두 번째 주막에서 저녁을 먹고 잠잘 준비를 하는데, 아낙이 술상을 차리고 들어왔다. 이런저런 얘기로 시간을 보내다 밤이 깊어지자 여인은 노골적으로 이원수를 유혹했다. 결혼한 지도 얼마 되지 않았으니 부인도 보고 싶은 차에 유혹에 끌리다 결정적인 순간에, '내가 이러면 안 되지'라며 힘껏 여인을 밀치고 주섬주섬 옷을 입고 달아나다시피 강릉으로 새벽길을 나섰다.

그렇게 처가에서 부인과 사흘 밤을 보내고 돌아오다, 며칠 전 그 주막집에 들러 여인에게 그날 너무 미안했다며 오늘 밤 함께 보내자 하니 한마디로 거절을 하였다. 이원수는 이해가 되지 않았다. 그날 밤에는 그렇게 좋다고 매달리더니, 내가 요구하니 오늘은 매몰차게 거절하니 그 이유나 알자며 통사정을 하였다. 당신이 그날 우리 주막에 들어설 때 당신 얼굴에 서기(瑞氣)가 어려 있었다. '당신의 씨를 받으면 성인을 낳을 수 있겠구나' 하고 설레며 당신을 유혹하였다. 그런데 오늘은 아니다. 당신 얼굴에 서기가 사라졌으니 내가 응할 이유가 없다는 것이다. 그러면서 당신 부인은 분명 1년 뒤에 사내아이를 낳을 것이다. 그 애가 8살이 되면 백발노인이 나타나 아이를 보자고 할 것이다. 그때 절대로 애를 보여주면 안 된다. 보는 순간에 생명을 잃는다. 대신 밤나무 천 그루를 심었다 해라. 그러면 애를 살릴 수 있을 것이다. 그러고는 휙 돌아서며 자취를 감추었다. 이원수는 바로 고향으로 가 아버지께 이 이야기를 하였고, 아버지와 이원수는 틈만 나면 밤나무를 심었다.

세월은 흘러 신사임당은 아들을 낳았고, 아들이 8살이 되자 정말 백발의 노인이 나타나 이 집에 8살짜리 아들이 있을 거라며 보자고 했다. 그러자 이원수는 지금 애는 어디 가고 없다, 대신에 밤나무 1,000그루를 심었으니 됐지 않은가 하고 맞섰다. 그러자 노인은 지그시 눈을 감고 뜸을 들이더니, 그럼 진짜 1,000그루를 심었는지 세어보자 하여 1,000그루를 세어 나갔다. 마지막 999그루까지 세었는데 1그루가 부족했다. 이리저리 찾아보다 결국 나도밤나무를 발견하고 위기를 넘겼다고 한다.

여기서 의문이 가는 4가지가 있다. 첫째는 서기가 어린 얼굴을 알아보고 미지의 일을 세세하고 알려준 그 여인의 정체이고, 둘째는 많고 많은 나무 중에 왜 밤나무지, 셋째는 어떻게 하여 이원수가 그런 결정적인 순간에 여인을 밀치고 유혹을 물리친 이유이고, 넷째는 왜 8살이 되면 율곡은 죽어야 하는지이다. 그 답은 첫째 하늘이 내린 성인이 태어나려면 선지자가 있어 알려줌이고, 둘째는 그 당시만 해도 밤나무는 귀해서 구하기가 어려웠는데, 산에 사는 나무 중에 밤나무는 가난한 사람의 배고픔을 해결하여 생명을 이어주는 나무이고. 셋째는 신사임당이 내 몸으로 성인을 낳겠다는 간절한 소망이 하늘을 감복시켰기 때문이다. 넷째는 전생의 업이 무거워 율곡의 아버지 이원수나 그의 할아버지의 덕으로는 성인의 할아버지나 아비가 될 자격이 부족했는데, 밤나무 1000그루를 심어 굶주린 사람을 많이 구했으니 전생의 업이 소멸되었음을 알 수 있다.

생강나무의 부탁과
당단풍나무의 잎

　전국 산야에 자라는 생강나무는 암수딴그루로 줄기를 꺾거
나 꽃잎을 비비면 알싸한 생강 냄새가 난다고 하여 생강나무
란 이름을 얻었다. 이른 봄 민가 주위에는 산수유꽃이 피고,
야산에는 생강나무꽃이 핀다. 두 꽃은 너무 닮아 분간이 어려
운데 산수유꽃을 들고 하늘을 보면 꽃 사이로 하늘이 보이고,
생강나무꽃을 들고 하늘을 보면 꽃이 촘촘하여 하늘이 보이지
않는다. 더 정확히 말하면 멀리서 보면 산수유와 비슷하지만,
꽃자루가 짧고 털이 밀생하며 수술이 짧아 꽃 밖으로 나오지
않는 점이 다르다. 산수유의 나무껍질은 거칠며 너덜너덜하고
생강나무 껍질은 산수유보다 조금 매끈하며 깨끗한 편이다.
생강나무는 특이하게 잎이 두 가지 형태인데 하나는 뫼산(山)

형태고, 또 하나는 하트모양이다. 물이 풍족한 데서 자라면 하트 모양이 많고, 물이 부족한 데는 뫼산 형태가 많이 달린다.

너는 어찌하여 한 나무에 두 형태의 잎이 달리느냐고 물으니, 나에게 이런 부탁을 하는 게 아닌가. 뫼산(山)과 하트모양은 "산을 사랑해 달라"고 우리 생강나무들이 잎 벌리고 손짓하는 데 아무도 못 알아보고 그냥 지나치는데, 이렇게 물어주어 너무 감사하다고 말한다.

춘천이 고향인 김유정이 쓴 소설 "동백꽃"에 나오는 노오란 꽃은 동백이 아니라 생강나무꽃이다. 강원도에는 날씨가 추워 동백나무가 살지 못한다. 생강나무의 열매는 초록에서 누런빛으로 다시 붉은빛으로 되었다 검은색으로 익는다. 남쪽 지방에서는 동백나무 씨를 호롱불 기름으로 만들어 사용했고, 북쪽 지방에서는 생강나무 씨를 기름(동박유)으로 만들어 사용했기 때문이다. 이제 산에 들면 생강나무의 두 가지 잎 형태를 확인하고 산을 사랑해 달라는 생강나무의 염원을 실천해보자. 그러면 자신도 모르게 건강과 행복을 함께 함을 체험할 것이다.

생강나무는 이른 봄철에 샛노랗게 피는 꽃도 좋지만, 잎이나 잔가지를 달여서 차로 마시면 몸이 따뜻해지고 뼈와 근육이 튼튼해진다. 특히 여성이 아이를 낳고 나서 몸조리를 잘못 해서 생기는 병인 산후통에 특효가 있다. 생강나무 50~80g을 물에 넣어 물이 절반이 될 때까지 약 한 시간 정도 달여 하루 두세 번 나누어 먹는다. 5일쯤 뒤부터 복통, 추웠다 더웠다 하는 것, 식은땀, 두통, 찬물에 손을 담그지 못하는 증상 등이 없어지기 시작하여 한두 달이면 대개 치유된다.

생강나무는 특히 머리에 찬바람이 들어오는 것 같은 느낌이 있으며, 온몸의 관절이 아프고 갈증이 심해서 찬물을 많이 마시는 증상이 있는 사람한테 효과가 좋다. 기력이 쇠약할 때는 메추리알을 날것으로 한 번에 다섯 개씩 하루 세 번 밥 먹기 전에 먹으면서 생강나무를 달여 마시면 효과가 더 빠르다. 메추리알은 단백질이 많은 식품일 뿐만 아니라 비타민 B, E를 비롯한 여러 가지 미량 원소가 많이 들어있다. 메추리알과 생강나무는 산후풍 치료에 최고의 약이고 식품이다.

가을이면 단풍의 대명사 단풍나무를 전국의 산야에서 볼 수 있는데, 그 나무는 대부분이 당단풍이다. 내가 숲해설가인 줄 아는 동료들과 겨울 산행을 하는데.

"선배님 저 단풍나무는 겨울인데도 왜 잎을 떨구지 않지

〈생강나무〉

요?"라며 묻는다.

"그렇지요. 나도 그게 참 궁금합니다. 활엽수는 일반적으로 떨켜가 있어서 잎이 떨어지는데, 당단풍은 왜 잎을 떨구지 않는지 모르겠는데 답을 알아볼게요."

라며 얼무버리고, 그때부터 계속 당단풍만 만나면 넌 왜 가을에 잎을 떨구지 않고 겨울인데도 이렇게 쪼글쪼글하게 달려있니? 라며 계속 묻고 또 물었다.

나무가 고목이거나 내 나이보다 많아 보이면 나무님이라고 존칭을 붙이고, 내 나이보다 어려 보이면 편하게 얘야 넌 왜 겨울인데도 잎을 떨구지 않고 달고 있니? 라며 편하게 물었다. 그러다 어느 날 겨울 산행을 하는데 눈이 내리기 시작했다. 그 질문은 계속되고 눈도 점점 많이 내리기 시작했다. 다들 바위 위 전망대에서 겨울 산의 설경에 넋을 잃고 있을 때, 난 당단풍나무 앞에서 나무님 왜 겨울인데도 잎을 달고 있습니까? 라고 질문을 던졌다. 순간 섬광처럼 스치는 당단풍의 답변을 들으며, 아 알았다. 그래었구나! 라며 무릎을 쳤다.

"선생님 난 봄에 꽃이 너무 작아 사람들이 단풍나무 꽃이 있는지조차도 잘 몰라요. 그러나 단풍은 예쁘다고 땅에 떨어진 잎까지 주워서 책 속에 고이 보관하는 사람이 많지만, 아무도 나를 보고 꽃이 예쁘다는 소리를 하지 않아요. 그래서 겨울에 눈이 오면 예쁜 꽃을 피우려 요렇게 용을 쓰고 달려있답니다. 마침 눈이 오네요."

라고 말했다. 정말 쪼글쪼글한 사이사이에 눈이 들어가 꽃이 되는 과정은 신비롭기 그지없다. 잎 끝으로 길게 떨어질 듯 매달려 있는 모습도 너무 좋다. 당단풍의 멋진 겨울 꽃을 보며 산행을 해보라. 끈질기게 물으면 자연은 답을 준다.

독야청청
소나무

　예로부터 선비의 지조나 절개를 선비가 갖추어야 할 최고의 덕목으로 쳤다. 이런 선비를 소나무에 곧잘 비유했다. 조선 시대 사육신의 한사람 성삼문은 '백설이 만건곤할 제 독야청청하리라'라고 시를 읊었다. 세상이 온통 하얀 눈으로 덮여 있는데 혼자서 독야청청하겠다는 성삼문의 의지가 돋보이듯, 우리나라 아무 곳이나 잘 자라면서 목재의 재질도 좋고 향기도 좋은 소나무를 옛사람은 닮고 싶어 했다.

　우리나라 사람의 소나무 사랑은 유별나다. 속리산 법주사의 소나무에 세조가 정이품이라는 벼슬을 내렸고, 또 예천의 천연기념물 석송령 소나무는 이 마을 주민인 이수목 씨가 생전에 6,600㎡의 토지를 상속을 받아 등기했다. 그리고 재선충이 처음 발견된 1972년도 일본에서는 소나무가 재선충으로 인해 다 없어지니 편백과 삼나무로 대치하여 심었는데, 우리나라는 1988년 부산 금정산에서 발견된 이후로 재선충과 죽기 살기로 싸우고 있다. 잎이 붉게 마르는 소나무가 발견되면, 약재를 살포한다. 그래도 효과가 잘 나타나지 않으면 비닐로 덮는 방식으로 힘겹게 싸우고 있다.

이렇듯 우리나라의 나무 중에서 사람에게 제일 칭송을 받는 소나무는 그 칭송받는 값을 어떻게 할까? 어느 눈이 내리는 날 온 산의 나무들이 추위에 오들오들 떨다. 다른 나무들이 참다못해 조물주에게 항의하러 갔다. 왜 소나무는 사시사철 푸른 옷을 입어 추위도 안 타는 데다 독야청청, 낙락장송, 일편단심, 곧은 절개 등으로 사랑을 받느냐, 애국가에도 등재되는 등 같은 나무인데 차별이 너무 심한 게 아니냐고 따졌다.

조물주는 항의하러 온 나무들에 사람이 소나무를 좋아하는 이유를 설명했다.

첫째는 사시사철 푸른 잎을 달고 있어 사람의 눈을 즐겁게 한다.

둘째는 우리나라 방방곡곡에서 잘 자라고 가뭄에도 강하다.

셋째는 나무의 재질과 향이 좋아 집을 건축하는 데 좋다.

넷째는 옛날 춘궁기에 솔가지의 뽀얀 속살을 벗겨 먹어 사람의 목숨을 구해주는 구황식물에 속한다.

다섯째는 시인 묵객이 사군자의 으뜸이라며 시와 그림 그리기를 좋아하는 나무다.

여섯째는 선산을 지키는 나무로 소나무를 심었다.

일곱째는 사찰 주위나 공공건물 주위에 심어 주위 풍광을 좋게 하였고,

여덟째는 국보급 건물이나 왕궁 등 주요 건물에 소나무를 사용하여 집을 짓기 때문에 별도의 소나무 군락을 국가가 관리하였다.

그러자 항의하러 온 나무들은 우리는 그런 설명을 들으러 온 것이 아니다. 우리에게도 겨울을 춥지 않게 보낼 수 있는 옷을 입혀 줄 건지 말 건지를 말씀 좀 해달라. 더 세어지는 눈발을 가리키며 심하게 따졌다. 난감해진 조물주가 한숨을 쉬는데, 마침 그때 골짜기에서 폭탄 터지는 듯한 굉음이 들리고, 저 계곡에서도 굉음이 연이어 들렸다.

조물주가 나무들에 저 굉음이 무슨 소리인지 알기나 하냐

고 고함을 쳤다. 다들 움칠하며 입을 닫았다. 저 소리가 바로 겨울에 잎을 떨구지 않아 눈 무게에 소나무 가지가 부러지는 소리야. 저 아픔이 얼마나 큰지 아니? 또 그뿐인 줄 아니, 불이 나면 너희들은 가을에 잎을 떨군 덕에 불 속에서도 살아날 수 있지만, 소나무는 잎과 송진 때문에 대부분이 타죽어. 그리고 태풍이 불어봐 잎을 빼곡히 달고 있으니 소나무 가지가 제일 많이 부러져 너희들도 겨울에 잎 달고 있다 저렇게 되고 싶으면 여기에 있어, 내가 그렇게 해줄게.

그러자 모두 입을 다물고 나이 많은 나무부터 슬금슬금 자취를 감추어 버렸다. 그렇게 다시 숲에 평화가 오자 각 나무에 조물주의 메시지가 배달되었다.

"세상에 공짜가 어디 있어, 현실에 만족하는 게 최고야."

도토리 6형제
서열 정하기

학문은 정답을 배우는 것이 아니라 묻는 법을 배우고 묻는 일에 익숙해지는 것이라 했다.

숲속을 찾아온 아이들이 도토리 중에 제일 먼저 생긴 도토리가 어느 것이냐고 묻는 아이가 있다. 자연을 체험하는 가운데 불쑥 이런 질문을 받으면 매우 당황스럽다. 아이들은 개체들의 존재와 그들 사이의 관계에 대해 물어볼 많은 기회를 얻는다. 자연 체험은 아이들에게 이름 붙이고 비교하고 비슷하거나 다른 것을 찾고 원인과 결과를 묻게 만든다는 차원에서 중요하다. 이 모든 것이 관계를 이해해가는 과정이며 인지 능력을 키워가는 과정이다.

자연 체험은 아이의 감성을 발달하게 한다. 아이가 무언가를 배울 때는 머리보다 가슴이 먼저 작동한다. 자연과의 접촉은 아이에게 감성적 수용 능력(감수성)을 갖추게 한다. 이러한 감수성은 성장하면서 창의력, 탐구력과 상상력의 중요한 원천이 된다. 자연 체험 과정에서 느끼게 되는 경이감, 놀라움, 독특함, 다양함과 같은 느낌은 아이에게 '뭔가 더 있다.'라는 감각을 갖게 한다. 이러한 감각은 미지의 것에 대해 끌리고 빠져드는 마음, 즉 '지각적 참여의 힘'을 키우게 한다. 이런 감성적 체험은 자연에 대한 공포와 혐오, 그리고 거부감을 일시에 제거하는 효과가 있다.

예를 들어 숲에 들어가 도토리를 모아 이름을 물어 알게 되면, 서로 어떤 점에서 다르다는 것을 살펴보고 비슷한 것끼리 함께 묶어 볼 수 있다. 이런 활동은 기초적인 인지 능력의 발달에서 매우 중요한 연습 과정이다. 도토리를 맏형에서 막내까지 나름대로 서열을 정하는 것은, 어떤 도토리가 제일 먼저 생겼느냐는 질문이다. 그것에 대해 체계적으로 한번 연구해 보자며 열매와 잎을 가지고 재미나게 서열을 정해 보았다.

참나무는 사람이 생활하는데 쓰임새가 제일 많아 '참'자를 얻어 나무 중에서 항상 대장 자리를 꿰차고 으스대지만, 고민이 하나 있다. 형제가 여섯 가족으로 분가하여 살다 보니 항상 서열 문제로 집안이 편안할 날이 없었다.

올해도 가을이 되자 도토리 6형제 모임에서 서로 맏형 자리를 놓고 언쟁을 하고 있었다. 제일 점잖은 굴참나무가 먼저 "어험, 내 도토리가 제일 굵잖아, 내 나무껍질(굴피)은 너와집이나 굴피집의 지붕으로 쓰이고, 숯도 굴참나무 숯이라야 알아주잖아, 그리고 서울 신림동과 안동 임동면에 가면 천연기념물도 있어. 그러니 당연히 내가 맏형이야."

그러자 항상 새초롬하던 졸참나무가 "그래, 난 잎도 작고 도토리도 길쭉하고 작지만, 묵을 만들면 맛이 제일 좋아서 사람들이 내 도토리부터 찾잖아. 다람쥐도 내 도토리를 제일 좋아해. 생각해봐 묵이 맛이 좋아야 1등이지 그러니 내가 맏형이야."

다음으로 항상 뽀얀 피부를 자랑하던 떡갈이 "내 도토리 모자를 봐 털이 제일 길지, 거기다 잎도 제일 넓고 두껍잖아. 그래서 떡을 찔 때 내 잎을 깔면 색깔도 좋고, 잘 쉬지도 않잖아. 그리고 냉장고 냄새 제거는 내 큰 잎이 도맡아 다하니 내 인기가 얼마나 높니, 그러니 내가 맏형이야."

가만히 듣고 있던 신갈이,

"어허! 산의 제일 높은 곳에 사는 게 누구야, 거기다 먼 길을 가는 선비들의 짚신 밑바닥에 깔창으로 사용해 발을 편하게 해주니 다들 나를 사랑하잖아, 당연히 선비 사랑을 듬뿍 받는 내가 맏형이지."

그러자 키가 제일 큰 상수리가

"애들아, 우리 6형제 중에서 누가 제일 크게 자라니. 또 도토리는 누가 제일 많이 열리니, 그리고 임금님 수라상에 내 묵이 올라가 이름까지 상수리잖아. 마땅히 내가 맏형이지. 이유 달지 말고 내게 양보해."

하며 으스댔다. 마지막으로 할 말이 없는지 가만히 듣고 있던 갈참나무가 마지막에 조용히 말했다.

"그래, 너희들 모두 잘났다. 그런데 사람들이 왜 나한테 가을참나무(갈참)라 이름을 붙였는지 아니? 그건 도토리묵도 졸참나무 묵처럼 맛있고, 민가 근처에서 정자나무로 심어져 노인들의 사랑을 듬뿍 받으니 내가 형님 아니고 누구야. 우리나라가 동방예의지국인 줄 모르니?"

하며 눈을 부라렸다.

매년 형제들의 모임에서 이렇게 한나절을 싸워도 답을 못 내고 온 산이 시끄러우니, 하는 수 없이 산신령을 찾아가 자초

지종을 이야기하고, 정답을 달라고 정중히 부탁했다. 숲속이 하도 시끄러워 처음부터 다 듣고 계시던 산신령이

"그래, 잘 왔구나, 내가 서열을 정해주지."

라며 다음과 같이 정해주었다.

졸참, 갈참, 신갈, 떡갈은 꽃이 핀 후 5개월이면 열매가 익지만, 굴참과 상수리는 2년이 소요되느니라. 그리고 열매의 크기와 잎의 크기로 서열을 정하면, 그래서 맏형은 졸참나무니라. 묵 맛이 제일이라 그런 게 아니고, 열매와 잎이 제일 적으니 너희 여섯 형제 중 제일 먼저 이 세상에 나왔느니라.

둘째는 갈참이니라. 왜냐하면 졸참나무와 묵 맛과 수피가 비슷하고 열매는 조금 크지만, 잎을 보면 졸참나무와 비슷하니라. 그래서 둘째니라.

셋째는 신갈이니라. 신갈은 열매 크기가 여섯 형제 중 제일 중간이기 때문이다.

넷째는 떡갈이니라. 6형제 중 제일 큰 잎을 가져 내가 막내일거라고 여기고 있던 떡갈은 산신령이 넷째라고 말하기 전에 예, 잘 알았습니다 라고 했다.

다섯째는 상수리니라. 잎은 작지만, 열매도 많이 열리고 키

도 크고 사람들이 집을 짓는 데 제일 많이 이용되는 나무지, 그래도 열매가 굴참나무 열매보다 적으니 먼저 태어났느니라.

여섯째는 굴참나무니라. 상수리와 굴참나무를 보면 잎과 수피가 서로 비슷하니라. 수피 두께도 상수리보다 두껍고 열매도 크니 상수리보다 늦게 태어났느니라.

졸지에 막내가 된 사실을 안 굴참은 열매가 제일 크다고 자랑하면서 맏이라고 항상 으스대다가 막내가 되자, 연신 고개를 꺄우뚱 거리며 어디가도 막내가 제일 사랑을 받는 법이라며 빙긋이 웃음을 지었다.

산신령 덕분에 숲속은 다시 평온해졌고, 도토리 6형제는 오순도순 전국의 숲에서 소나무가 불에 타 없어진 자리부터 차지해 가며 잘 자라고 있다.

낙엽이 가는 길

바스락 바스락 낙엽을 밟는 소리는
노래일까? 비명일까?
밟혀서 바스러지는 낙엽은 노래를 불렀고.

밟혀도 온전한 낙엽은 비명을 질렀다.

바스락은 그저 생각 없는 사람에게 들리는 기본음일 뿐

온갖 소리를 몸에 지니고 바람에 몸을 맡긴 체

자기들끼리 모여 오늘은 누구 노래가 제일 멋졌느냐고 의논을 하는 오후

가장 아름다운 낙엽의 노래는 굴참나무 잎이라고 결론을 내려서일까

내가 사랑해 하고 밟으니 사랑해라고 하고,

당신을 하고 밟으니 당신을 이라고 하면서 노래 한 소절을 다 읊는다.

굴참나무 잎 거치에 난 가느린 털이 화음을 조졸한다며

햇빛 내려쬐는 산길 모퉁이에 하얗게 바스러진 낙엽들이 한 호흡처럼 말한다.

다들 노래에 얼 나가는 세상

언젠가 우리도 낙엽이러니

들고 남이 자유로운 바람에 나를 맡겨

바스러지며 한 소절 콧노래 하는 낙엽이 되자.

연기가 알려주는
지혜

겨울철 출근길에 해안가 아산로를 달리다 보면, 울산만 공장의 굴뚝을 자세히 보면 공단의 연기는 90도 정도로 숙인 채 하나같이 바다로 향해 있는 것을 볼 수 있다. 그 이유는 지면의 온도보다 수면의 온도가 월등히 높기 때문이다. 해가 떠서 지표면 온도가 서서히 올라가면 연기는 서서히 고개를 들기 시작한다. 정오쯤 되면 연기는 하늘로 곧추선다. 그것은 바닷물 온도와 지표면 온도가 비슷한 것을 의미한다. 뒤이어 연기가 육지 쪽으로 고개를 숙인다. 이번엔 땅 온도가 바닷물 온도보다 높아진 것을 의미한다. 기류는 낮은 온도에서 높은 온도 쪽으로 움직이기 때문에 이러한 현상이 일어나는 것이다.

바닷물과 달리 쉽게 오르락내리락하는 지표면 온도가 여름

날의 햇빛에 달구어지면, 연기는 해가 져도 육지 쪽으로 누워 고개를 들지 않는다. 원래 열대야는 일본 기상청이 먼저 쓴 용어로 야간의 최저 기온이 25℃ 이상인 밤을 뜻한다. 우리나라는 밤 최저 기온(오후 6시 1분~다음날 오전 9시)이 25℃ 이상인 날을 열대야로 2009년 7월24일부터 뜻을 재정립하였다. 실지로 열대야라는 의미는 온도로 표시하기보다 육지로 기운 연기가 해가 져도 그대로 육지 쪽으로 누워있으면 그게 열대야란 정의가 더 설득력이 있다. 최근에는 도시 열섬 현상의 영향으로 특히 대도시에서 열대야 현상을 보이는 날이 많이 증가하고, 나타나는 기간 또한 늘어나고 있다.

이러한 사실에서 보면 가만히 앉아서 연기만 보고도 자연의 지혜를 배울 수 있다. 만약 숲속에서 길을 잃고 헤맬 때 이러한 자연현상을 응용하면 길을 찾기 쉽다. 숲속에는 나무가 가득하여 시야를 방해하기에 방향을 찾기 어렵다. 방향을 모르고 간다면 주변만 계속 돌게 될 것이다. 만약 숲속에서 밤을 지새운 후 아침이 되었다면 불을 피워보자. 이른 아침에 불을 피워 연기가 가는 쪽이 바다이다. 그러한 사실을 안다면, 방향을 잡는 것이 아주 유용해질 것이다.

무언의 연기가 자연의 지혜를 알려주듯 자연은 지혜의 보고다. 그리고 인간은 자연에서 병을 고칠 수 있는 약초와 과학의 원리 등 수많은 지혜를 배우고 있다. 하지만 아직도 우리가 찾지 못한 지혜가 자연에 수도 없이 많을 것이다. 숲을 거닐며 자연이 주는 소리를 듣는다면 우리는 이제껏 생각지도 못한 많은 새로운 지혜를 배울 수 있을 것이다.

미세먼지 속 '불청객'
꽃가루는?

   발암물질인 미세먼지 공포 속에 송홧가루 등 꽃가루가 날리는 시기가 오면서 비염이나 꽃가루알레르기가 있는 사람은 시름이 커진다. 산림청에 따르면 국내 주요 산림 수종의 꽃가루는 크기가 10㎍ 이상으로 미세먼지와는 구분된다. 하지만 꽃가루는 외벽과 내부의 단백질 성분으로 구성된 가운데, 외벽이 파괴되면 내부의 단백질이 알레르기를 유발한다.

   주요 나무의 꽃가루 입자 크기는 소나무가 106~127㎍으로 가장 크고 낙엽송 61~74㎍, 리기다소나무 57~70㎍, 잣나무 48~84㎍, 삼나무 36~38㎍의 순이다. 현재 국내에 알려진 알레르기(비염 등) 원인 식물은 나무류가 소나무, 참나무, 자작나무, 오리나무, 너도밤나무, 뽕나무, 개암나무, 버드나무, 이태리포플러, 느릅나무, 팽나무, 플라타너스, 단풍나무, 호두나무, 물푸레나무, 삼나무 등 16종이다. 돼지풀, 쑥, 비름, 명아주, 환삼덩굴, 질경이, 수영, 애기수영, 소리쟁이, 쐐기풀 등 잡초류 10종도 알레르기를 유발하는 것으로 알려졌다.

홍천수 연세대 의대 교수가 2015년 발표한 '한국에서 꽃가루 알레르기를 일으키는 식물'이라는 제목의 논문에 따르면 호흡기 알레르기 환자의 알레르기 피부 시험 결과 참나무는 14.36%가 양성반응을 보였고 소나무 14.27%, 자작나무 13.57%, 오리나무 13.39%, 너도밤나무와 뽕나무가 각각 10.04%, 느릅나무 8.81%의 순이었다.

지난해 산림청의 조림 현황을 보면 꽃가루 알레르기를 유발하지 않는 것으로 알려진 나무의 조림 면적이 1만7천157ha로 74.3%를 차지했다. 알레르기 유발 수종 조림 면적은 소나무가 3천587ha(15.5%), 참나무 1천88ha(4.7%), 자작나무 1천40ha(4.5%), 단풍나무 115ha(0.5%), 물푸레나무 101ha(0.4%) 등이었다. 결국 우리 주변에서 흔히 볼 수 있는 소나무와 참나무가 꽃가루 알레르기의 주범인 셈이다.

지난해에는 편백이 꽃가루 알레르기 주범이라는 지적이 나와 논란이 됐다. 편백이 삼나무와 함께 국제적으로 꽃가루 알레르기인 화분증(花粉症)을 유발하는 나무로 널리 알려져 있으며, 편백 꽃가루가 천식, 눈 가려움, 콧물 등을 유발한다는 지적이었다. 이에 대해 산림청은 "편백은 다량의 피톤치드 배출에 따른 삼림 치유 효과로 산주와 국민이 선호하는 수종"이라며 "편백에서 나오는 피톤치드가 아토피 피부염 등 알레르기성 염증을 완화하는 것으로 알려졌다"라고 반박했다.

산림청 관계자는 "의학계와 공동으로 꽃가루 발생 시기, 꽃가루 농도와 인체에 미치는 영향 등에 관한 연구를 시행해 장기적인 해결방안을 마련할 계획"이라고 밝혔다.

모과(木瓜) 사랑은 선비사랑

모과木瓜라는 한자를 그대로 풀어쓰면 나무 위의 참외라는 뜻이다. 생김새가 얼마나 못생겼으면, 어물전 망신은 꼴뚜기가 과일전 망신은 모과가 한다는 말이 있다. 못 생김의 대명사 모괴木怪, 모개라는 별칭을 갖고 있다.

하지만, 모과는 여섯 번 놀라는 과일이다.

1) 꽃잎이 흰빛에 분홍빛이 어우러져 아름다운 데 비하여 열매가 못 생겨서 한번 놀라고

2) 못생긴 열매가 향기가 너무 좋아 두 번 놀라고

3) 향기가 그렇게 좋은데 먹을 수 없어서 세 번 놀라고

4) 먹지도 못하는 과일인데도 한약재에 없어서는 안 되는 데 네 번 놀라고

5) 나무의 재질이 목공예 다듬는데 제일이라 놀란다.

6) 근래에 참외처럼 미끈한 개량 모과만 보이고 울퉁불퉁한 못생긴 모습은 보기 힘들어졌지만, 생김새와 비교해 향기가 좋아 선비 방에서 겨울을 나는 것을 보고 깜짝 놀라는 과일이다.

꽃말은 유혹과 평범이다. 꽃말처럼 모과의 독특한 향은 사람을 충분히 유혹할 만하다. 꽃이나 나무껍질이 아름다운 식물이다. 열매보다 꽃이 예뻐서 아파트 단지에 조경수로 많이 심는다. 근래에는 개량하여 열매도 참외처럼 예뻐졌다. 탐스럽게 주렁주렁 달린 모과는 꽃처럼 금세 지는 게 아니라 비교적 오랫동안 매달려 있는 데다가 열매 색깔이 좋아 "참 보기 좋다고" 다들 한마디씩 한다.

중국과 일본이 원산인데 원산지가 2곳인 게 특이하다. 모과는 장미목 장미과의 쌍떡잎식물, 명자나무 속의 낙엽성 큰키나무이다. 모과는 목과(木瓜)에서 유래된 말로 나무에 열리는 참외가 목과(木瓜)가 모과로 변형됐다. 목과(木瓜) 즉 나무 참외

란 뜻인데, 노랗게 익은 모습이 꼭 참외를 닮았다. 조선 시대 이전에 중국에서 목과(木瓜)로 들어왔는데 모과로 변형되었다.

우리나라에는 모과나무, 명자나무, 풀명자나무 3종이 분포하고 있다. 조직이 매우 치밀하여 향나무, 주목처럼 천 년 이상 사는 장수 나무로 알려져 있다. 모과나무는 20m까지 자라는데 나무가 어릴 때는 털이 있으며, 2년 정도 자라면 자갈색으로 윤기가 있다. 잎은 뾰족뾰족한 톱니바퀴로 서로 어긋나기를 하고 긴 타원형으로 양 끝이 무디고 뻣뻣한 편이고 턱잎은 바늘 모양을 띠는 것이 모과나무이다.

꽃은 4~5월에 분홍색 또는 연한 홍색으로 피며, 늦으면 6월까지도 핀다. 모과 열매는 이과(梨果)로 타원형이고 목질이 발달해 있다. 향기가 좋으나 신맛이 강하다. 모과는 처음에 녹색이다가 다 익으면 노란색이 된다. 민간에서는 과육을 꿀에 절여 먹기도 하고, 과실주나 차로 끓여 먹기도 한다. 봄에 피는 분홍의 화사한 꽃을 보기 위해서, 또한 나무줄기 껍질 특유의 아름다움을 보기 위해서도 모과나무는 각광 받고 있다.

특히 모과나무는 분재의 대명사로 불린다. 분재에 모과가 빠지면 말이 되지 않을 정도로 분재에 많은 사람이 도전한다.

처음 배우는 사람뿐만 아니라 경력자도 반드시 2~3분 보유한다. 분재에서 얼마나 많은 열매가 매달리게 하는지가 분재를 키우는 사람에게는 하나의 도전이다.

노랗게 잘 익은 모과는 거실 또는 자동차 내부처럼 공기가 탁하기 쉬운데 두면 차내에 은은한 향기를 장기간 지속하여 냄새를 제거해 준다.

요즘 정원수로도 인기를 얻고 있지만, 향나무와 함께 있으면, 배나무도 마찬가지지만 잎의 병반(붉은별무늬병) 때문에 편할 날이 없다. 병증이 보이면 즉시 살균제를 뿌려주어야 한다.

모과의 약성은 온(溫)하고, 산(酸)하여 신경통, 근육통, 해수(咳嗽) 및 빈혈 등에 효과가 있다. 모과 열매를 한방에서는 서근(舒筋), 청간(淸肝), 화위(和胃), 제습(除濕), 조혈(造血)의 효능이 있다고 하여 약용한다. 모과에 풍부하게 함유된 탄닌과 비타민C는 기관지를 튼튼하게 해줄 뿐만 아니라 피로회복과 피부미용에도 뛰어난 효과가 있다. 그리고 감기로 인한 기침과 가래로 고생하는 사람에게 많은 도움을 준다.

〈모과〉

4
장
—

숲해설가와 함께 하는
숲 체험

숲은 녹색의
산소 댐이다

지구상에 식물이 출현한 이래 무려 3억 5천만 년 동안 지구의 허파 노릇을 해온 숲은 자기의 모든 걸 다 내어놓음으로 다른 생명이 숨 쉴 수 있도록 해주었다. 그 숲이 현대에는 심각한 위기에 처했다. 산업혁명 이후 기술문명이 고도로 발달하여 오늘날 사람의 삶은 훨씬 편리하고 윤택해졌다. 반면에 나무들은 병들고 산업화에 밀려 숲의 범위가 쪼그라들고 있다. 또한, 편리함만을 추구하는 사람들이 무분별하게 내뿜는 이산화탄소로 하여 지구의 온도가 급상승하였다. 그 여파로 인해 기상이변이 속출하여 북극과 남극의 빙하가 녹아내리고, 사막에 눈이 내리는가 하면, 지구 곳곳에 가뭄과 홍수 그리고 대형 산불이 발생하여 지구는 하루도 편할 날이 없다.

숲은 단지 열매와 목재뿐만 아니라 우리에게 생태적 지혜라는 커다란 선물을 제공해 준다. 수많은 나무와 곤충과 새와 동물이 어우러져 살아가는 숲은 각자 생존을 위해 달려가는 과정에서 경이로운 변화와 변신과 적응과 협력을 보여준다. 그 모든 과정은 삶에 대한 생생한 실제이자 현실이다. 인간은 단지 만물의 상속자일 뿐이지 소유자가 아니다. 숲속에서 삶의 기쁨을 찾는 방법을 학습하고 자연의 숨겨진 지혜를 찾으려 노력해야 한다. 결국 숲과 자연을 떠나서는 한시도 살수 없는 인간임을 자각하고, 인간이 자연보호를 하는 게 아니라 자연이 인간을 보호하고 있음을 한시도 잊어서는 안 된다.

숲속을 걸으며 여러 식물과 동물을 관찰하고 오감으로 체험하면서 자연과 친숙해지는 계기를 만들어 보자. 더불어 자연과 공존하며 사라져 가는 다양한 여러 종의 동·식물을 알아보고 숲에 대한 우리의 생각과 보존에 관한 다양한 의견을 제시하고 체험해 보면서 성찰의 기회를 가져보자. 숲속에서 자원의 가치와 생태 문명의 가치를 인식하고, 자연의 평온함을 느끼며 나아가 생태의 소중함과 더불어, 자연은 인간의 이웃임을 인식하고 자연이 주는 신비로움을 몸소 느껴보자. 인간이 자연 일부가 되었을 때 행복함과 편안함이 밀려온다.

숲속 흙 속의 미생물에 행복 호르몬인 세로토닌을 많이 함유하고 있고, 나무가 내 뿜는 숲속의 보약인 테르펜이나 피톤치드가 활엽수보다는 침엽수에서 더 많이 방출된다. 침엽수 중에선 편백이 으뜸인 줄 알았는데, 충남대 박범진 교수팀이 장성 축령산 편백 숲과 강릉 제왕산 소나무 숲에서 나오는 피톤치드의 양을 각각 3회 측정한 결과 $4.93ng/m^3$와 $5.29ng/m^3$로 편백보다 소나무가 더 높게 측정된다는 사실을 2016년 학술대회에서 발표하였다.

의사가 병이 깊어 수술도 안 되니 조용한데 가서 신변정리를 하라고 하면 환자 대부분은 산을 찾는다. 이때 숲속을 찾아가는데 될 수 있는 한 계곡이 있는 곳으로 가야 한다. 왜냐하면 물에서 음이온이 발생하기 때문이다. 마음을 차분히 가라앉히고 비우면 산에 드는 순간 오욕칠정으로부터 해방이 된다. 첫걸음부터 세속의 모든 근심과 걱정이 사라지고 심신이 편안해지며 기분이 상쾌해진다. 사람 대부분은 산에서 언제든 포근히 안아주는 어머니 품 같은 넉넉함과 편안함을 느낀다고 한다. 그런 이유로 해서 불치병 판정을 받은 사람이 살아나는 일도 있다.

숲은 거대한 녹색 댐이다. 그곳에는 물이 담겨있다. 생명체의 생존에 필요한 것은 물이다. 그러나 우리가 활용할 수 있는 물은 대개 숲속의 토양이 품고 있다. 숲이 어떻게 이루어지고 어떠한 수종으로 구성되어 있는가에 따라 숲 토양이 물을 함유할 수 있는 양이 달라진다. 다양한 수종으로 형성된 숲은 토양발달이 활발하다. 당장 사용할 물이 모자란다고 해서 댐을 건설하는 것은 위험한 발상이다. 주변의 자연생태를 파괴하는 것은 기후 변화와 또 다른 피해를 불러올 수 있다. 자연을 훼손하지 않으면서 장기적으로 물 부족 현상을 극복하는 길은 바로 녹색 댐을 가꾸는 일이다.

숲은 또한 거대한 산소 댐이다. 육안으로는 볼 수 없지만, 나뭇잎을 통해 일어나고 있는 광합성 작용은 우리 생존에 필요한 산소를 공급해 주고, 이산화탄소를 조절하여 대기의 기온을 안정시켜 준다. 이 놀라운 자연현상은 인간이 모방할 수 없는 숲만이 할 수 있는 능력이다. 우리가 숲을 알아야 하는 이유는 숲이 주는 몇 가지 이점들 때문만은 아니다. 숲은 지상의 모든 생명의 근원이자 그 생명을 사라지게 하는 열쇠를 쥐고 있다. 숲의 처지에서 보면 인간이 없으면 숲은 더욱 숲답게 존재할 수 있다. 그러나 인간은 숲이 없으면 인간답게 살 수 있기는커녕 존재할 수도 없다.

숲에는 오르막과 내리막이 있다. 미국 심장학회에서 발표한 자료에 의하면 숲의 오르막과 내리막 모두 각기 다른 효과로 건강에 도움을 준다고 한다. 오르막길에서는 트리글라세리드라는 혈중지방(혈전)이 급격히 줄어들어 피의 순환이 좋아지고, 내리막길에서는 포도당에 대한 내성이 증가하여 혈당이 줄어 당뇨병 예방 및 치료에 효과가 있다고 한다. 또한 오르막과 내리막 모두 콜레스테롤의 수치를 낮춰주는 효과가 입증되었다고 한다. 현재까지 성인병의 예방과 치료는 산행보다 좋은 건 없는 것 같다.

숲에는 다양한 소리가 있다. 새소리, 곤충이 내는 소리, 바람소리, 물소리, 동물이 움직이는 소리, 낙엽 밟는 소리, 잎이 바람에 흔들리는 소리 등 자연의 소리는 곧 생명의 소리다. 나뭇잎이나 풀잎을 이용하여 풀피리 부는 방법도 배워보자. 요즘에는 핸드폰에 사진기가 있어 얼마나 다행인지 모른다. 처음에는 아름다운 큰 경치에 초점을 맞추다가 그 초점이 점점 작은 이끼나 야생화나 곤충 쪽으로 내려옴에 따라 산의 매력에 빠지게 된다.

산에 들면 나무뿌리부터 밟지 말자. 껍질이 훌렁 까진 뿌리를 볼 때마다 얼마나 아프겠냐며 측은한 마음으로 뿌리를 밟지 않아야 한다. 어쩔 수 없어 밟았다면 "나무님 미안합니다."
라고 하고, 올라갈 때나 내려올 때 나무를 잡고 도움을 받았으
면 "나무님 감사합니다."라고 해보자. 우리는 무심코 발걸음
을 옮기지만 나도 모르게 발아래 밟히는 곤충과 미생물은 얼
마나 많았겠는가? 이렇게 산에 들어 미안합니다, 감사합니다.
라는 두 단어가 자연스레 뱉어지면 이게 자연에 동화되는 첫
걸음이며 자연과의 첫 대화이다.

나무의 이동

땅에 뿌리를 내리고 있는 나무가
1년에 단 한 번 움직이는 때가 있다.
바로 씨앗이 되어 바람이나
새, 다람쥐, 산돼지 등 여타 동물에 의해
멀리 이동하는 것이다.
씨앗은 동물의 위를 통과하여
배변으로 나오면
발아율이 좋아지고 튼튼하게 자란다.

숲길과
다이돌핀

매일 같은 숲길을 걸어도 매일 같은 숲길이 아니다. 사람마다 삶의 이유가 다르듯, 언제나 같은 숲길 같아도 언제나 같은 숲길은 아니었다. 언뜻 보면 똑같아 보이는 자연은 분명 어제와 다른 빛깔을 간직하고 있다. 눈이 녹은 자리에 싹이 움트면서 자연은 서서히 연둣빛으로 물들어 간다. 겨울은 우리가 모르는 사이에 벌써 땅속에서 봄을 피워내고 있었다. 지천으로 피어나는 봄꽃은 수줍은 산골 처녀처럼 어여쁘고 수수한 모습 속에 혹독한 추운 겨울을 이겨내고 소담스럽게 예쁜 꽃을 피워 올린다.

생명의 온기가 감도는 따뜻한 기운이 느껴지는 봄날, 좁다란 산자락 길을 걸으며 부러진 모퉁이 한 그루 나무조차 어떤 날은 잎을 틔우고, 어떤 날은 꽃을 피우고 무성한 잎은 바람에 흔들리며, 비가 오면 좋아라. 노래도 하고 춤도 추고 예쁜 꽃을 피워낸다. 여름에 피어나는 꽃을 보고 있노라면 푸른 산과 들에 오색 빛깔 물감을 풀어놓은 듯 알록달록한 꽃을 피우고, 가을엔 낙엽도 떨구면서 단풍은 빛으로 타오른다.

자꾸 비워가는 빈 가지엔 빠알간 열매가 얼굴을 내밀고, 슬프고 힘든 날 뒤에는 조잘거리며 지저귀는 새소리에 힘을 얻는다. 행복하다 느끼는 순간 뒤에도 가뭄으로 인한 계곡의 물고기가 죽어 가는데, 어떻게 손을 쓸 수 없는 아픔이 있었다. 그렇게 숲길에는 아름다움과 슬픔이 항시 공존한다. 마치 인생의 삶처럼 태풍으로 인해 계곡물이 넘치고 나무가 부러지고 길이 쓸려나가고 산사태가 나고 한바탕 소란을 치고 나면 자연은 언제 그랬나 라며 더 산뜻하고 밝은 모습으로 우리를 맞이한다.

하루하루의 변화가 우리를 놀라게 한다. 오늘 같은 내일이 아니듯 살아온 날이 살아갈 날보다 많아지면서, 내 나이는 가속도가 붙는 내리막에서 한 가지 한 가지를 내놓아야 할 때다. 오늘 내일이 아니라도 꼭 만나야 할 사람이 있다는 것과, 아직도 내가 가보지 않은 산길이 많다는 것은 내가 숲길을 걸어야 할 이유의 전부다.

오늘은 숲으로 들어가니 비가 오지 않는다고, 물 좀 달라고 길옆 풀과 나무가 야단법석이다. 계곡의 물은 이미 말라 송사리와 버들치는 흔적도 없는데, 노랑무늬붓꽃은 이 가뭄에도 생생하다. 보다 못한 구름이 잠시 해를 가려 온 산에 그늘을 만들어 주지만, 임시방편이다. 비는 구름이 모여야 하고, 구름이 모이려면 바람이 있어야 하고, 바람이 있으려면 기온 차가 있어야 하니 뭐 하나 쉬운 게 없다. 그래서 달을 잘 보아야 한다. 달이 없으면 수분을 모두 해가 빼앗아 가니 물에 관한 한 달이 힘이 세다. 만약 지구에 달이 없으면 수성이나 화성과 똑같이 메마른 땅이 될 것이다. 위성인 달이 있다는 건 지구의 축복이고 행복이다.

비가 오려고 하면 땅이 먼저 습기를 내뿜는다. 그러면 개미들이 눈치채고 비설거지를 하는 모습을 볼 수 있는데, 자기 집에 빗물이 들어오지 못하게 방비한다. 오늘도 그런 것이 안 보이니 비가 안 올 것 같다. 또 개미로 인한 재미있는 진실이 있는데, 개미집을 지을 때는 언제나 지하에 물이 흐르는 위에다 짓기 때문에, 사막에서나 먼 길을 가면서 물을 찾을 땐 큰 개미집을 먼저 찾아야 한다. 오늘 밤 달문이 서는지 유심히 봐야겠다. 달문이 생기면 비를 내려주겠다는 달의 약속이기 때문이다.

최근 의학이 발견한 호르몬 중에 다이돌핀이라는 것이 있다. 엔도르핀이 암을 치료하고 통증을 해소하는 효과가 있다는 것은 이미 알려진 이야기지만, 다이돌핀의 효과는 엔도르핀의 4,000배라는 사실이 발표되었다. 그럼 이 다이돌핀은 언제 우리 몸에서 생성될까? 바로 마음이 감동할 때다.

1. 자연의 아름다운 풍경에 압도되었을 때
2. 좋은 노래나 이야기를 듣거나 글을 읽고 감동할 때
3. 전혀 알지 못했던 새로운 진리를 깨달았을 때
4. 엄청난 사랑에 빠졌을 때
5. 산모가 아기의 첫울음을 들었을 때 등

이런 때 우리 몸에서는 놀라운 변화가 일어난다고 한다. 전혀 반응이 없던 호르몬 유전자가 활성화되어 안 나오던 엔도르핀, 도파민, 세로토닌이라는 아주 유익한 호르몬을 생산하기 시작한다. 특히 굉장한 감동할 때 많은 다이돌핀이 생성된다. 이 호르몬이 우리 몸의 면역체계에 강력한 긍정적 작용을 일으켜서 암을 공격한다. 그래서 기적이 일어난다고 한다.

이와 반대로 "아드레날린"이라는 호르몬은 불쾌하거나 미

움 같은 감정이 자신을 사로잡을 때 생성된다. 몸속의 산소를 잡아먹는다고 하니 마음을 잘 다스려 불쾌한 감정이 일어나지 않도록 해야 한다. 늘 흘러가는 일상이지만 오늘 저녁은 햇살이 숨겨둔 물감이 구름에 투영되는 저녁놀을 한번 챙겨보자. 꼭 감동하거나 사랑에 빠지지 않아도 근처 숲속을 산책하며 자연이 안겨주는 넉넉함과 새소리를 벗 삼아 여유로운 마음을 가질 때도 다이돌핀이 생성될 줄 누가 아는가? 언제나 삶의 일상 속에서 건강과 행복을 찾아가는 지혜가 필요하다.

인문학에서 본
노자와 이태백

노자는 엄마의 뱃속에서 12살까지 살다가 태어났다고 하는데, 이 말은 태어날 때부터 12살 정도의 사고를 하는 신동이었음을 나타내는 말이다. 노자의 말 중에

天之道 損有餘而補不足(천지도 손유여이보부족)이요, 人之道則不然(인지도칙불연) 損不足而奉有餘(손부족이봉유여)이다. 천지의 도는 넉넉한 것을 덜어내어 부족한 것을 메우는 데 있는데, 사람의 도는 그렇지 않아, 부족한 것을 들어내어 많은 것을 받드는 데 있다.

위의 글에서 선인을 보면 부익부 빈익빈의 모순을 자연의 이

치에 빗대어 현세 사람보다 잘 알고 있었다는 것을 알 수 있다. 여태껏 알고 있는 숲에 관한 우리의 지식은 치열한 경쟁이 지상보다는 지하에서 더 심할 것으로 생각했는데, 그와는 반대로 지상보다 지하에서 더 평화롭게 살아가고 있음을 과학자들이 밝혀내고 있다. 특히 땅속 유칼립투스의 균류는 네트워크를 형성해 이 나무 저 나무를 가리지 않고 영양분을 공급하고, 광합성의 산물인 당도 사이좋게 나눈다는 사실이 놀랍다.

　사실 지상의 평화는 인간이 사라지면 그게 최상의 평화다. 인간이 이러니 식물도 그럴 거라거나 동물도 그럴 거라는 편견이 얼마나 잘못되었는지 알아야 한다. 지구상에 문제가 있는 것은 오직 인간임을 알고 이제부터라도 환경문제를 포함하여 동, 식물을 대함에 있어 사랑과 겸손으로 접근하자.

　숲의 손님은 참 다양하다. 유치원생에서 대학교수까지 어떨 때는 그리스도, 천주교 아니면 불교도 요즘엔 간혹 외국인까지 범위가 넓어진다. 그런데 대학교수가 오면 긴장한다. 그래서 그들에게 첫 번째 던지는 질문이 중국의 시선 이태백이 왜 달을 그토록 사랑했는지 아느냐고 묻는다. 이 질문에 조금 그들의 기가 꺾이는 감이 온다. 어디에도 답이 나오는 게 아니니 당연히 머쓱하게 군다. 그때 들려주는 이야기다.

이태백의 키는 멀대처럼 크고 너무 어질어 용맹이라곤 없어 친구들이 노는데 끼지를 못했다. 항상 서당에만 가면 왕따를 당해 친구들이 노는 모습을 보고 섰는데,

"야! 멀대, 너 이 망치로 저 소를 잡아봐. 그럼 너와 함께 놀아줄게."

라는 장난기 있는 말에 이태백은 얼마나 놀고 싶었으면, 그 망치로 소머리를 내리쳤는데 정말 소가 죽었다. 아이들은 놀라 입을 다물고 달아나기 바빴고, 놀란 이태백은 집으로 달려가 어머니 저 둑의 소를 제가 죽였어요.

"뭐? 네가 소를 잡았다고! 어이구."

라며 놀란 어머니는

"네가 소를 죽였다고? 그래 이제 다 컸구나, 소를 잡을 정도니, 세상에 못 할 일이 뭐 있겠니? 내가 삯바느질하는 주인집 하인이 곧 너를 잡으러 올 거다. 바로 떠나라 잡히면 죽음밖에 없다. 집에 올 생각 말고 다른 나라로 멀리 떠나라, 할 이야기가 있으면 이제부터는 달을 어미로 생각하고 말하거라. 나도 달을 보고 답을 할 테니."

라며 눈물을 감추며 아들을 재촉했다. 어머니의 재촉으로 맨몸으로 달아난 이태백은 촉나라로 달아나 이웃 나라를 전전하

며 살았지만, 다시는 고향 땅을 밟지 못했다. 엄마가 그리우면 밤마다 달을 어머니로 생각하며 이야기를 했다. 얼마나 엄마가 그리웠으면 61세(701-762) 되던 해 이태백은 술에 취해 물속의 달을 안으려 하다 물에 빠져 죽었을까?

달과 이태백 그리고 어머니로 이어지는 숲속 이야기 중 아주 한 번씩 하지만 이야기를 끝내면 다들 신기한 비밀이 풀린 양 미소를 띤다. 숲속에서의 상상은 어느 사람도 의구심을 갖지 않는다. 언제나 숲은 마법처럼 상상의 나래를 펴게 한다.

이태백을 시선(詩仙) 혹은 주성(酒聖)이라고 부르는 이유는, 이 세상에서 술을 가장 아름답게 예찬한 인물로서 이태백을 능가하는 사람이 없기 때문이다. 이태백의 시 월하독작(月下獨酌)은 그런 의미에서 주성의 경지를 엿볼 수 있는 아름다운 시니 함께 읊조려보자.

월하독작(月下獨酌)

花間一壺酒(화간일호주): 꽃나무 사이에 한 항아리 술을
獨酌無相親(독작무상친): 친구도 없이 혼자 술을 마시네.

擧杯邀明月(거배요명월): 잔을 들어 밝은 달을 맞고

對影成三人(대영성삼인): 그림자와 더불어 세 사람이 되네.

月旣不解飮(월기불해음): 달은 술을 마시지 못 하니

影徒隨我身(영도수아신): 그림자는 멋도 모르고 나만 흉내 내

暫半月將影(잠반월장영): 잠시 달과 그림자를 벗 삼은 것은

行樂須及春(행락수급춘): 봄이 다가기 전에 즐기고자 함이네.

我歌月徘徊(아가월배회): 내가 노래하니 달이 배회하고

我舞影零亂(아무영령난): 내가 춤을 추니 그림자는 어지럽구나.

醒時同交歡(취시동교환): 술이 취했다가 깨니 서로 기뻐하고

醉後各分散(취후각분산): 취해서는 각자가 따로 흩어지네.

永結無情遊(영결무정유): 우리 무정의 놀이를 영원히 맺자구나.

相期邈雲漢(상기박운한): 멀리 은하수에서 만나기를 기약하네.

숲으로 찾아 가는 이유

병원에서 의사 선생님이 "환자분의 병이 너무 깊어 수술도 안 되고 수술을 해도 안 하는 것보다 오래 못 사니 조용한데 가서서 여생을 보내세요."라는 최후통첩을 한다. 당사자는 청천벽력 같은 소리에 놀라 가냘픈 희망을 품고 산속을 찾는다. 그럴 때 이왕이면 폭포가 있는 곳이면 조금이라도 생존확률이 높아진다. 이 세상에 가장 많은 음이온이 발생하는 폭포는 나이아가라폭포로 물 1cc당 100,200개 정도의 음이온이 발생한다고 한다. 음이온은 우리 몸에 면역력을 증대시키는데 폭포가 아닌 계곡물에서도 얼마간의 음이온이 생기기 때문이다.

요즘 TV 인기 프로 '나는 자연인이다'라는 프로를 보면 그런 사형선고를 받은 사람이 병을 극복한 사례를 가끔 본다. 속

세를 떠나 마음을 비우고 내 몸을 자연에 맡기면 그 진솔함의 여부에 따라 자연은 응답한다. 대부분 식물은 광합성을 통하여 개체의 생명 유지에 필요한 영양분을 생성한다. 즉 식물의 잎 속에 포함된 엽록체에서 빛과 이산화탄소를 받아들여 탄수화물과 산소를 만들어 내는 것이다. 공기 중에는 질소: 78%, 산소: 21%, CO_2: 0.02% 가 있다. 잘 알다시피 이산화탄소는 온실효과를 유발하고 인간은 이산화탄소를 마시고는 생존이 불가하다. 바로 숲이 만들어 내는 산소를 마셔야만 생명을 유지할 수 있다. 그래서 인간은 숲에 들어서면 마음이 평화로워지고 안정을 찾게 된다.

그리고 이런 인과관계 때문인지는 모르지만, 사람은 심리적으로 초록색을 보면 생명력과 항상심 및 평정심을 찾게 되어 심리적 안정감을 느끼게 된다. 또 한 가지 잊어서는 안 될 사항 중 하나는, 나무 스스로 외부로부터의 벌레 침입을 막기 위해 피톤치드라는 향을 발산하는데, 이 향이 사람 몸에 들어오면 몸속의 나쁜 균을 죽인다는 것이다. 그래서 불치의 병으로 의사가 치료를 포기한 사람이 마지막으로 찾는 곳이 숲이다. 숲에서 마음을 비우고 숲에 온몸을 맡긴 사람이 거짓말같이 몸이 치유되는 경험을 하는 곳이 숲이다.

피톤치드 효과를 극대화하는 산림욕을 하려면 다음의 글을 참고하면 좋다. 숲이 내보내는 피톤치드 양은 봄부터 증가하여 기온이 상승하는 여름철에 최대치에 이른다. 예를 들어 편백의 100g당 피톤치드 함량은 여름에는 4.0mL이지만 겨울에는 2.5mL밖에 안 된다. 침엽수, 활엽수 모두 기온이 상승하는 정오 무렵에 방출량이 최대치에 달한다. 기온이 높아질수록 공기 유동이 빨라져 피톤치드 발산량이 많아지기 때문이다. 소나무의 시각별 피톤치드 방출량은 아침 6시 2.71ppb, 저녁 6시 6.9ppb이지만 정오엔 9.74ppb나 된다.

피톤치드는 활엽수보다 침엽수에서 더 많이 나온다. 피톤치드 함량이 가장 많은 나무는 편백이다. 우리나라에 흔한 소나무와 잣나무도 피톤치드를 많이 생산한다. 건강에 좋은 음이온 역시 활엽수보다는 침엽수 잎을 통과할 때 많이 발생한다.

음이온은 빛에 의해 물 분자가 산화할 때, 물 분자가 활발하게 움직일 때, 물 분자가 공기와 마찰할 때 주로 생성되기 때문에 물 근처에 가장 많다. 그렇기에 계곡에는 흐르는 물 때문에 습도가 높아져 피톤치드 발산 량이 많은 것이다. 숲의 치유 효과를 확실히 느끼고 싶다면 계곡이나 호수가 있는 산림

욕장으로 가자.

지형적으로는 산 밑이나 산꼭대기보다 산 중턱이 바람의 영향을 덜 받기 때문에 산림욕을 즐기기에 좋다. 바람이 강한 산 밑이나 산꼭대기에는 나무나 식물이 피톤치드를 많이 발산하지만, 공기의 흐름이 빨라 발생한 피톤치드가 다른 곳으로 날아가 버린다.

임산부
숲 체험

- 양손잡이 아이

생태 숲 교육 중 가장 나를 들뜨게 하는 그룹은 임산부 교육이다. 숲속 이야기에 취한 산모들에게 아이를 낳으면 왼손잡이와 오른손잡이 중 어느 쪽을 택할 거냐고 물으면, 대부분 생각을 안 해봤다고 한다. 전 세계에 산재한 동굴벽화를 분석하면 대부분이 왼손으로 그렸다고 한다. 또한, 레오나르도 다빈치, 베토벤, 모차르트, 괴테 등 걸출한 예술가나 문학가 중 특이하게도 왼손잡이가 많다.

특히 과학이 총 집대성된 야구 분석 자료에 따르면, 투수와 타자는 모든 경우의 수를 놓고 싸우는데, 왼손 타자는 오른손

투수에게 왼손 투수는 오른손 타자에게 6:4 정도로 승률이 높다고 한다. 왜냐하면 왼손은 오른쪽 뇌를 오른손은 왼쪽 뇌를 발달시키는데, 오른쪽 뇌는 예술성 즉 창의성 사고와 철학적 영역을, 왼쪽 뇌는 합리성 즉 이해타산적이며 수학적 사고를 발달시키기 때문이다.

여기까지 말하고 다시 한 번 물으면 임산부들은 대개 양손잡이를 만들고 싶다고 말한다. 그럼 어떤 방법으로 양손을 다 쓰게 할까? 방법은 간단하다. 왼손에 밥숟갈 오른손에 연필을 쥐게 하면 되고, 선천적 왼손잡이는 그대로 두는 게 제일 좋은데, 오른손에 숟가락을 들게 하여 양손을 쓰게 하는 게 재능 발전에 도움이 된다. 즉 밥 먹는 손과 글 쓰는 손이 다르면 양손잡이가 된다. 공을 찰 때 오른손잡이는 오른발이 먼저 나가고, 왼손잡이는 왼발이 먼저 나감도 알자.

– 둘째 갖기

요즈음은 아이를 낳지 않거나 낳더라도 하나 아니면 둘인 경우가 많다. 아예 결혼하지 않는 청춘남녀도 많다. 그들만 탓할 문제는 아니다. 저출산 문제는 개인의 문제라기보다는 사회 시스템이 낳은 결과이기 때문이다. 숲에서 임산부에게 하는 두 번째 질문은 둘째를 가질 거냐다. 대부분 즉답을 피하고 싱긋이 웃는데 열 명 중 두 명 정도만 가진다고 답한다. 답하지 않은 임산부는 아이를 더 낳지 않기로 했거나 낳기를 망설이는 중일 것이다. 우리 집 경우, 첫째를 정말 어렵게 제왕절개로 낳았기에 둘째는 아예 낳지 않기로 했다. 그런데 우리 가족이 살았던 아파트 앞집에 동생이 있는 아들과의 또래가 있었다.

그 아이들은 외동인 우리 집 애와는 비교가 안 되었다. 뭐든 챙겨주고 동생을 보호할 뿐 아니라 다정히 손잡고 놀러 다니는 앞집 애들의 모습을 보고 '아! 저렇게 사회적 인성이 쌓여가는구나!' 하는 것을 느꼈다. 그리고 아내의 마음이 변하기 시작했다. 어느 날 심각하게 아내는 말했다. 우리 둘이 죽고 나면 저 애는 외톨이가 될 텐데 동생을 안겨주는 게 좋겠다는 것이다. 그래서 낳은 늦둥이가 오빠와 7살 터울이다.

그 애가 33살에 시집을 갔으니 지금 와 생각하면 그 일보다 우리 삶에서 잘한 일이 없다고 아내와 난 자랑처럼 말하고 다닌다.

이쯤 이야기를 하면 산모들은 고민하기 시작한다. 8명 중 처음부터 둘째를 갖겠다는 2명을 제외하고 새로 2명이 확실하게 의지를 보인다. 이럴 때 숲해설가의 긍지가 살아난다.

– 무통 분만에 대하여

숲에서 임산부에게 하는 세 번째 질문은 애를 낳을 때 무통 주사를 맞을지의 여부다. 클로로폼이라는 무통 주사는 의사들이 당연히 맞을 거로 생각하고 건성으로 확인 절차만 거친다. 오래전 서울대공원동물원 초대 원장인 김정만 박사 시절 사슴에게 무통 주사를 놓고 출산을 시켰는데 어미가 새끼에게 젖을 물리지 않았다고 한다. 사슴뿐만이 아니고 맹수인 사자나 호랑이도 마찬가지였다. 그때부터 김정만 박사는 무통 주사의 심각한 문제점을 지적했다. 그럼, 사람은 어떨까?

몇 년 전 조카가 애를 낳아 축하하러 병원을 찾았다.

"얘야, 고생했구나, 얼굴이 퉁퉁 부었네."

라고 하니,

"외삼촌, 이렇게 애 낳을 것 같으면 10명이라도 낳겠어요, 걱정하지 마세요."

라고 대답했다. 이해가 안 가 무슨 소리냐고 물으니 무통 주사 덕에 어떻게 아이를 낳은 줄도 모르고 낳았다고 했다. 그래서 '이 조카는 적어도 2명 이상은 낳겠구나?'하고 했는데 하나로 끝이었다.

현재 사회적으로 큰 문제가 되는 친모의 아동학대는 무통 주사와 어떤 관계가 있으며 모성애는 어떻게 하여 생기는 걸까? 당연히 모성애는 애를 낳을 때 죽을 것 같은 극한의 고통에서 '이제 내가 죽었구나'하며 생명줄을 놓는 순간, 어머니 양수에서 편안히 숨 쉬다가 막 태어난 아기가 탯줄이 끊어지면서 코로 숨쉬기가 힘들 자 나 죽는다고 고함을 치는 울음소리를 듣고

산모는 정신을 차리면서 고통은 사라지고 웃음을 지으며 희열에 젖는 그 짧은 시간에 모성애가 완성된다고 한다. 이런 과정을 무통 주사는 송두리째 앗아갔다.

현세의 이혼 법정에 가면 75% 정도의 엄마가 애를 남자 쪽으로 밀어버린다고 한다. 가정이 평온하면 무통 주사와 관계없이 아동학대가 발생할 수 없다. 그런데 부부간 문제가 생기고 이혼 이야기까지 오가면 이때부터 무통 주사를 맞고 낳은 아이는 엄마로부터 심각한 골칫거리가 된다. 남편의 허물이

고스란히 아이에게 덧씌워지는 것이다. 우리나라의 경우 이혼을 안 하고 사는 가정 중에 만약 자식들이 없었다면 어떻게 되었을까? 정확한 통계는 없지만, 자식이 없었다면 50%는 이혼했으리라 생각한다. 아이는 미래의 희망을 주기 때문에 가정을 지탱해 주는 든든한 버팀목이다.

이쯤에서 산모들에게 이래도 무통 주사를 맞고 애를 낳을 거냐고 되묻자 고민하던 산모 2명이 결심한 듯 자신은 무통 주사를 맞지 않겠다는 결의를 보였다. 8명 중 처음부터 맞지 않겠다는 2명에다 2명이 더 생겼다. 작은 것 같은 이 일이 작은 감동이고 숲속에서만 가능한 울림이다.

무통 주사는 영국에서 1846년 에테르를 사용하는 마취 수술을 시연해 성공했다. 이후 새로운 마취약으로 클로로 폼이 등장하여 인화성이 강한 에테르를 대신했다. 처음 영국에서는 아기 출산 때 마취제 사용을 하나님께서 여성에게 임신의 고통을 준다는 교리 때문에 가톨릭에서 극렬하게 반대했다. 암암리에 사용되다가 1853년 빅토리아 여왕의 여덟 번째 아들인 레이돌프 왕자가 마취제를 맞고 출산함에 따라 이후에는 일반인도 사용이 보편화되었다. 이 클로로 폼은 20세기 초반까지 흡입마취제로 사용되었다.

무통 주사는 장단점이 상존한다. 첫째 장점은 산모의 과 호흡 예방이다. 초산의 경우 처음으로 겪어보는 고통이므로 심리적으로 두려움을 겪으면서 긴장을 하게 된다. 이로 인하여 상승하는 심박 수로 인해 과 호흡이 올 수도 있는데, 무통 주사로 인해 심리적 안정을 찾게 되면서 과호흡을 예방할 수 있게 되는 것이다. 두 번째는 산모의 과 호흡으로 인해 태아에게 산소 전달이 안 될 수 있는 것을 예방한다. 세 번째는 산모의 심리적 안정으로 자궁경부가 잘 열릴 수 있다고 한다.

단점으로는 첫 번째, 무통 주사는 자궁경부가 3~5cm 정도 열렸을 때 진행하는데, 척추 일부를 마취해서 통증을 느끼지 못하도록 해서, 분만 시 힘 조절이 안 되어 고통을 겪는 경우가 많다. 하반신이 자신의 뜻대로 움직여지지 않기 때문에 분만실에서 힘을 줘야 할 때 어디로 힘을 주고 있는지 느낌이 오지 않아서 효과적으로 힘을 주기가 힘들다고 한다. 결국 간호사가 침대로 올라가 배 위를 쓸어내리는 경우가 있고, 그것도 안 되면 제왕절개를 해야 하는 경우가 발생한다. 둘째 저혈압이나 구토 및 두통 그리고 경련 등의 후유증이 생길 수 있다. 셋째 척추에 이상이 있거나, 혈액 응고에 문제가 있거나, 신경계에 문제가 있거나, 피부질환이 주사 맞는 부위에 있는 경우는 맞을 수 없다.

그래서 무통 주사를 신청했다고 해서 무조건 놓을 게 아니라, 꼭 맞아야 할 산모에게만 주고, 그러지 않으면 무통 주사 없이 자연분만을 유도해야 하는 게 낫지 않을까? 왜냐하면 무통 주사를 안 맞고 출산하는 경험은 신성하기 이를 데 없고, 극한의 고통은 모성애와 직결되기 때문이다. 그래야 둘째를 가질 확률도 높아질 뿐 아니라, 친모의 아동학대도 사라지리라 생각된다.

- 가훈 이야기

임산부의 숲 체험을 하며 가훈에 대한 이야기를 나누었다. 마침 산모 중에서 1명이 "칭찬은 고래도 춤추게 한다."라는 책을 들고 참석했다. 그래서 8명 중 제일 먼저 발표하게 했다. 그러자 산모는 서슴없이 "칭찬은 고래도 춤추게 한다."라는 이 말을 가훈으로 하고 싶어 책을 샀다고 말했다. 그러면서 친정에는 가화만사성(家和萬事成)이고, 시가에는 없더라고 했다. 숲 체험 현장에서 나온 몇 가지 가훈 중 가화만사성(家和萬事成)

외에 덕불고 필유린(德不孤 必有隣), 대기만성(大器晚成), 눌언민
행(訥言敏行) 그리고 무한불성(無汗不成)이었다. 4명은 있고 4명
은 없었다. 그래서 우리 집 가훈에 얽힌 이야기를 들려주었다.

내가 40세 때 큰애가 초등학교 6학년이었다. 학교에서 돌
아온 애가

"아빠, 선생님이 내일 가훈을 적어오라고 했어요. 우리 집
가훈이 뭐예요?"

"아이고, 우리 집 가훈이 없는데 어떡하지."

바로 서점에 가서 가훈과 관련한 책을 사 오라며 보냈다. 그
책을 밤늦도록 읽어나가는데, 마지막 몇 장을 남기고 함안 산
청 김모 씨 집 가훈으로 "우리 식구는 평생 남의 흉을 안 본
다."에 눈이 멎었다. 정말이지 가슴에서 작은 전율이 일어남
을 느꼈다. '이분은 생을 어떻게 살았기에 이런 가훈을 걸었
을까? 라는 생각에 깊은 존경심마저 일었다.

다음 날, 이 가훈을 아이에게 적어 주고 퇴근길에 표구점에
들러 액자를 부탁했고, 며칠이 지난 뒤 큰아이 키만 한 근사한
액자를 들고 집으로 왔다. 그런데 거실에 부착하려니 자신이
서질 않았다. 평소 성격이 과묵하고 말이 적어 말로 인한 실
수는 없는 편이지만, 그 당시 3김 씨(김영삼, 김대중, 김종필)

정치인을 두고 시도 때도 없이 흉을 보던 시절이었다. 그래서 걸지 못하고 다락방 구석에 세워두었다.

3년이 지난 내 나이 43세 때 이제 걸어도 다른 사람 흉을 보지 않을 자신이 생겼다. 거실 TV 옆에 걸어 놓고 1년이 지날 무렵 변화는 아내한테서 먼저 일어났다. 아내 친구들이 싸운 후 둘 다 아내에게 전화를 걸어 섭섭함을 전하면 아내는 둘을 중재하는 것이었다. '아 먼저 아내가 변해가는구나!' 하고 싱긋 웃음이 나왔다.

흉을 들춰내 흉을 고친다는 건 어불성설이다. 만약 아이가 사고뭉치라면 잘못한 일에 대해 고함을 치고 매를 들어봐야 잠깐뿐이고 서로 스트레스만 받는다. 그럼 어떻게 해야 할까? 무조건 아이의 장점을 찾아 칭찬해야 한다. 말썽꾸러기 아이지만 주의 깊게 보면 칭찬할 점을 찾을 수 있다. 그 장점을 찾는 것도 기술이다. 사소한 칭찬거리라도 찾아 계속 붕 띄워주어야 한다. 칭찬해 주는 시점에서는 이미 내가 변해 있다. 그러면 당연히 아이도 변하기 시작한다. 아이나 어른이나 자신을 인정해 주면, 마음에서부터 변화가 일어난다. 그것이 문제를 해결하는 시발점이 된다.

학부모들이 간과하는 가장 큰 잘못은 칭찬해 주어야 할 때는 입을 다물고, 나무랄 때는 가차 없이 꾸짖는 데 있다. 칭찬 속에 자란 아이는 사고의 폭이 넓어지고 포용의 한계가 끝이 없다. 칭찬은 고래도 춤추게 한다는 말이 있듯, 분명 꾸짖음보다 훨씬 더 큰 가치를 얻는다.

실제로 말이 갖는 파장이나 영향은 그 사람에게 직접적인 영향력을 미치게 한다. 만약 사춘기 딸애가 말썽을 일으키면 막말로 욕을 하면 안 된다. 그래도 욕을 한 무더기 해야 직성이 풀릴 것 같으면 "아이고, 크게 될 년, 아이고!"라며 욕을 해도 칭찬 섞인 욕을 해야 한다. 왜냐하면 말은 씨가 되기 때문이다. 만약 지금도 집에 가훈이 없다면 주저 없이 산청군 김모 씨 집 가훈 "우리 식구는 평생 남의 흉을 안 본다."를 걸어보면 어떨까? 우리 사회가 밝아지는 작은 불씨가 될는지 모르는 일이다.

– 업어 키우면 좋은 점

대부분 임산부는 첫 아이를 낳으면 업고 키울 것인가, 아니면 안고 키울 것인가를 고민하지 않는 것 같다. 동양권에는 대부분 업어 키우고, 안거나 유모차에 태워 키우는 방식은 서양식인데, 요즘 산모들이 주저 없이 받아들이는 방식은 서양식이다.

그럼 안는 것과 업는 것의 차이는 무엇일까? 한마디로 말하면 안는 것은 아이에게 TV를 보여주는 것이고, 업는 것은 아이에게 라디오를 들려주는 것이다. 앞에서 빤히 엄마 얼굴만 보고 있는 아이가 무슨 생각을 할까? 아마 우리 엄마 얼굴만 멍하니 익히고 있겠지만, 엄마 등에 업힌 아이는 보이거나 안 보이거나 들리는 것 모두를 귀와 눈 그리고 감각으로 인지한다.

생후 1년에서 2년 사이에 아이의 감수성은 측정하기 어려울 정도로 발달한다고 한다. 등에 매달려 엄마가 누구와 만나는지 무엇을 하는지, 어디로 가는지 모든 게 궁금하여 귀를 곤추세우고, 눈을 가만히 고정해 두지 않고 두리번거린다. 요즘은 어깨를 걸치는 형이라 업으면 엄마의 어깨도 바른 자세가 되어 건강에도 더 좋다고 한다.

아마 40~50대 이상의 성인 대부분은 엄마 등에 업혀 자란 세대일 것이다. 그 시대 사람들은 TV가 귀할 때니 라디오에서 들려오는 성우의 목소리에 매료되어 밤잠을 설치며 상상의 나래를 펴던 추억이 있을 것이다. 오죽했으면 TV를 바보상자라고 했을까? 신체적 문제가 없다면 이제부터라도 업어 키우자.

그리고 될 수 있는 한 애를 빨리 걷게 하자. 걸을 수 있는데 유모차를 태우는 것은, 가장 나쁜 습성을 길러 주는 것이다.

외출 시 아이는 무조건 업어 키우자. 조금 촌스러워도 약 1년~2년 정도이니, 내 아이의 감수성과 상상력을 극도로 키워 주고 싶으면 무조건 업어 키워야 한다. 장님 박사는 많지만 난청인 박사는 극히 드물다.

봉숭아
매니큐어

신불산 휴양림 화단에 봉숭아꽃이 만발했다. 꽃밭을 구경하던 놀러 온 팀 중에서 한 유아가 손톱에 빨간 매니큐어가 발려있었다. 깜짝 놀란 내가 아기 엄마에게 이 매니큐어가 아기에게 얼마나 나쁜지 알고 발랐느냐고 물으니, 놀라는 표정을 지으며 몰랐다는 표정으로 "그래요?" 한다. 어린이용이냐고 물으니 아니라고 하면서 내가 바를 때 안 발라 주면 시끄러워 안 된다고 했다.

손톱과 발톱은 심장에서 멀지만, 세정맥과 세동맥이 모세혈관 없이 연결되어있다. 세정맥과 세동맥이 바로 연결된 부위를 사구체라 한다. 이런 사구체가 손톱과 발톱에 많이 분포해있어서 심장, 폐 등의 이상 유무를 손, 발톱의 색으로 간단하게 확인할 수 있다. 그러므로 특히 어린이에게 매니큐어를 발라주는 것은 매우 심각한 정서적 장애를 유발할 수 있다. 어린이는 아직 손톱과 발톱이 굳지 않았기 때문에 더 위험하다.

우울증을 앓고 있는 여성의 60% 정도가 매니큐어 애용자라고 하니, 어린이를 키우는 학부모는 왜 내 아이가 신경질을 자주 내고 정서적 안정이 안 되는지에 대해 특히 관심을 가져야 한다. 발라야 한다면 어린이용을 꼭 사용하자. 현재까지 봉숭아 꽃물보다 좋은 재료는 없다. 봉숭아 꽃잎으로 물을 들이는 순간 체온이 상승한다고 하니 이보다 좋을 순 없을 것이다.

화단이 있으면 봉숭아를 한두 포기를 심어보자. 올여름에 예쁜 아이에게 어릴 적 동심으로 돌아가 함께 손톱에 봉숭아 꽃물을 들여 보자. 아이에게는 좋은 추억거리로 남을 것이다. 만일 임산부라면 좋은 태교가 될 것이다. 그리고 갱년기 여성과 우울증 환자의 정서 함양에도 도움을 준다고 하니 텃밭 주위에라도 봉숭아꽃을 심어보자.

봉숭아 꽃물 들이는 풍습은 잡귀나 병이 몸에 들어오지 못하도록 하는 것에서 유래했다. 또 봉숭아 들인 물이 첫눈이 올 때까지 남아있으면 첫사랑이 이루어진다는 재미난 이야기도 있다. 영어권에서 봉숭아는 "Touch me not(나를 건드리지 마셔요.)이라는 꽃말이 있다. 봉숭아는 투골초(透骨草), 금봉화(金鳳花), 지갑화(指甲花), 금사화(禁蛇花), 소도홍(小桃紅) 등으로도 불린다.

봉선화(鳳仙花)는 수술 환자에게는 마취가 잘 안 되는 사례가 있기에 주의해야 한다. 특히 봉선화는 단단한 것을 물렁물렁하게 하는데 불가사의한 효력을 발휘하는 토종약초이다. 질긴 고기를 삶을 때 넣는 정도에 따라 다르겠지만 뼈까지 물렁물렁해진다. 물론 생선을 요리할 때 함께 사용하면 뼈까지 먹을 수 있다. 봉숭아 중에서도 흰 꽃이 피는 재래종 봉선화는 신장결석, 요로결석, 갖가지 부인병, 비만증, 신경통, 관절염 등에 효력이 크다고 한다. 반드시 약으로 사용할 때는 반드시 흰 꽃을 사용해야 한다.

이런 봉선화가 매니큐어에 밀려 거의 사라져 가지만 반드시 되살려야 할 귀중한 풍속임에는 두말할 필요가 없다.

숲 체험 때의 감동

잔뜩 물오른 봄의 향내가 짙어지는 4월이다. 목련과 벚꽃이 차례로 세상을 밝히고 산수유와 진달래 개나리도 서로 경쟁하듯 꽃을 피워 올린다. 온 산하는 초록의 빛과 노랑꽃 붉은 꽃으로 물들어 갈 때, 초등학교 4학년 남학생 4명과 학부모 4명 총 8명을 데리고 울산대공원 숲속으로 들어갔다. 아이들에게 안다는 것은 느낀다는 것에 비하면 덜 중요하다.

"사실에 대한 앎이 나중에 지식과 지혜로 성장하는 씨앗이라면 감정과 감동은 그 씨앗을 길러내는 토양이다."

어린 시절은 이러한 토양을 준비하는 시간이다. 일단 한번 아름다움, 새롭고 알 수 없는 것에 대한 흥분, 동정심과 애처로움과 사랑스러움 등의 느낌이 일어나면 아이는 그 대상에 대해 알고 싶어 한다. 그렇게 해서 알게 되면 그 앎은 평생을 간다. 아이에게 소화할 수 없는 지식을 몰아붙이기보다는 알고 싶어 하도록 길을 안내하는 것이 더 중요하다.

그런 취지에서 실시하는 게 소나무와의 대화시간이다. 소나무를 끌어안고 소나무에 하고 싶은 말을 하고, 다음은 소나무에 귀를 대고 소나무가 하는 말을 듣고 발표하는 형식이다. 얼핏 보면 그게 뭐 그리 중요할까 의아하겠지만, 실제 아이들의 반응은 진지하고 호기심이 가득하다.

이런 자연 체험으로 얻는 능력은 첫째 질문하고 이해하는 능력 향상, 둘째는 느끼고 감상하는 능력 향상, 셋째는 자연에 가치를 부여하는 능력 향상, 그리고 넷째는 발표하는 능력의 향상이다. 자연 체험은 아이의 감성을 발달하게 하여 무언가를 배울 때는 머리보다 가슴이 먼저 작동한다. 소나무에 무언가를 말하고 무엇을 들었는지 말하게 함으로써 감성 수용 능력을 향상하게 시킨다.

소나무와의 대화가 끝나면 2행시 놀이를 한다. 출발하기 전 2행시에 관해 제목은 "나비"다 라며 간단히 설명하고 아이들

에게 발표할 순서를 정해준다. 숲속에 들어서니 한 남학생 어머니가 오더니,

"저의 애가 사춘기가 아닌데도 말을 안 들어 죽겠다."

라면서 살짝 이야기한다. 그 애와 잠시 손을 잡고 산을 오르며 이런저런 이야기를 주고받아도 그저 명랑할 뿐이다.

한 팀이 끝난 뒤라 자연스레 자기 차례인 줄 아는 그 아이의 이름을 부르며

"나"

라고 하니 멋쩍게 머리를 만지더니

"나를 낳아줘서 고마워요."

라고 하는 게 아닌가. 놀란 내가

"비"하니

"비밀이지만 엄마를 사랑해요."

라며 멋쩍어하면서 엄마를 바라본다. 깜짝 놀라 당황하는 엄마에게 씽긋 웃으며 내가 준비되었지요? 라며

"나"

"나는 오늘 너랑 함께했어! 너무너무 즐거워요."

"비"

"비어있던 내 마음이 꽉 찼어요"

라며 울먹였다. 자연스레 두 모자는 꼭 껴안았고 어머니는 눈물을 글썽였다. 누가 생각해도 그 뒤에 일어날 정경이 즐거울 거라는 걸 생각할 수 있으리라.

이렇게 숲속에서 일어나는 변화는 참 신통하기 그지없다. 숲에 들자마자 그렇게 날뛰던 아이들이 조용해지고, 심란하던 우리의 마음이 왜 급속히 평온해지는지 그 이유는 정확히 모른다. 단지 어머니 품 같은 포근함과 숲에서 풍기는 피톤치드 혹은 세로토닌의 효과가 아닐까 하고 여길 뿐이다. 이런 숲속 자연에서 일어나는 작은 감동은 무엇과도 바꿀 수 없는 내 직업의 자산이며 긍지다.

꽃은 웃어도 소리가 들리지 않고
새는 울어도 눈물을 보기 어렵다
(花笑聲未聽鳥啼淚難看)

고려 시대 시인 이규보가 여섯 살 때 썼다는 한시다. 꽃은 어린아이도 시인으로 만든다. 어른은 어린아이로 돌아가 시를 줍는다고 한다. 정말 아이는 놀람을 통해 시인이 되고 철학자가 되는 것이 아닐까? 시인은 늘 보던 꽃을 새롭게 보면서 다르게 말하는 사람이라고 한다. 꽃은 꽃의 형상을 한 창(窓)인 듯싶다. 꽃을 통해 사람은 꽃 너머 혹은 아득한 시간 저편을 보게 된다. 가뭇없이 사라져간 지난봄의 꽃향기처럼 잊혔다가 허공에서 목련이 화사한 등을 밝힐 때 귓가에서 하늘거리는 나비처럼 생각나는 노래가 있다. 바로 가곡 4월의 노래다. 박목월 시인이 노랫말을 지었다. 1953년 전쟁의 광풍이 휩쓸고 간 폐허에서 청소년에게 희망의 언어를 속삭이기 위해 펜을 들었다고 한다. "돌아온 4월은 생명의 등불을 밝혀 든다"라는 구절이 들어간 까닭이 그러하다.

정리하면 숲 체험은 감동의 등불을 밝히는 것이라 말할 수 있는 것이다.

새싹부터
올바르게

봄에 숲해설가로 나설 때 참석한 사람에게 새싹에 관해 이야기하곤 한다. 봄이 되면 맨 먼저 땅에서 새싹이 돋아난다. 자연에서 우리는 많은 지혜를 배우고 있다. 새싹에서도 마찬가지다. 될성부른 나무는 떡잎부터 알아본다고 한다. 새롭게 시작하는 것의 중요성을 새싹에서 배우는 것이다.

초등 1학년생이 처음 학교에 간 날 선생님은 아이들에게 말한다.

"여러분 이제 의젓한 학생입니다. 친구들과도 사이좋게 지내고 학교에 있는 책상, 걸상 외 모든 물건을 내 물건처럼 소중하게 다루어야 합니다. 함부로 낙서하고 부수면 안 돼요. 집에서 방바닥에 휴지를 버리는 사람 있나요? 마찬가지로 교실

바닥에 쓰레기를 버리면 안 되겠죠?"

그러나 과연 아이는 학교 물건을 내 물건처럼 아끼고 소중히 사용할까? 교실을 내 방처럼 생각하고 깨끗이 사용할까? 내 것이 아닌 것을 왜 내 것으로 생각하고 깨끗이 소중하게 사용하라는 것인지 아이들도 갸웃거리겠지만, 우리도 여기서 모순점을 발견해야 한다. 선생님은 아이에게 이렇게 가르치는 것이 더 맞지 않을까?

"이제 여러분은 아기가 아니에요. 학생입니다. 새로 생긴 친구와도 사이좋게 지내고, 학교에 있는 책상, 걸상, 그 외 모든 물건은 나의 것이 아닌 여럿이 함께 쓰는 물건이기 때문에, 내 것처럼 아무렇게나 사용하면 안 되고 소중하게 다루어야 해요. 함부로 낙서하고 부수면 안 돼요. 교실도 여러 친구와 함께 생활하는 곳이기 때문에 나의 방처럼 내 맘대로 사용하면 안 되는 것이에요. 다른 사람을 배려하고 질서를 지키는 것이 무엇보다 중요해요."

우리나라의 공동체 교육의 문제점이 바로 여기서부터 출발한다. 나의 것은 소중하고 아껴야 하지만, 내 것이 아니라면 소중하지 않은 것이라는 생각이 민주시민의 자질을 키우는 데 역행한다. 민주시민으로서 지켜야 할 공동체 생활과 질서 교육은 유치원이나 초등학교에 들어가면서부터 어긋나기 시작하는 것이다.

흔히 은행이나 백화점 또는 공장 벽면에 이런 현수막이 걸려 있다. "고객을 가족처럼 모시겠습니다." 또는 택시의 뒷면에 "승객을 가족처럼 모시겠습니다." 그럴듯하지만, 여기에는 커다란 모순이 있다. 고객은 고객으로 모시고, 승객은 승객으로 모셔야 당연하다. 왜냐하면 가족은 밥을 늦게 주어도 되고 심지어는 굶기는 경우도 용납되지만, 고객은 한 번의 실수도 용납이 안 된다. 여기서 곰곰이 생각해 보아야 한다. 우리 사회의 예절 붕괴, 안전 불감증, 무질서, 교통사고. 조급증, 이기주의 등의 이런 현상은 왜곡된 교육에서 비롯된 것이다. "세 살 버릇 여든 간다."라는 속담처럼 어릴 때 교육이 그처럼 중요한데 유치원과 초등학교에 처음 들어가서 선생님에게 듣는 첫 번째 교육에서부터 아무도 모르게 문제의 싹을 틔우고 있는 것이다. 내 것이 아닌 것을 내 것처럼 생각하라는 억지는 애초에 잘못된 교육이다. 어린 새싹들이 처음부터 제대로 배웠다면 학교나 공공장소의 모든 시설물은 내 것이 아니기 때문에 함부로 사용하면 안 되고, 쓰고 난 뒤에도 다른 사람을 위해 제자리에 두게 될 것이다. 어린이가 성인이 되어 직업을 가지게 되면 고객을 내 가족처럼 함부로 대하는 게 아니라 예의와 겸손으로 고객에게 해야 할 당연한 대우를 할 것이다. 그리고 세상은 내 가족을 위해서 있는 것이 아니라는 것을 알고, 성숙한 민주시민으로 더불어 사는 아름다운 사회의 구성원이 될 것이다.

일본의 학부모들이 아이에게 제일 중요하게 가르치는 게 "남에게 손해를 끼치지 말라"이며, 미국 부모는 "겸손해라"인데, 우리나라 부모는 "기죽지 말라"다. 이 말이 회자하는 이유는 하도 힘없이 살며 외침을 많이 받다 보니 그렇게 된 것이라고 충분히 이해가 가는 부분이긴 한데, 이제는 국력이 큰 만큼 다시 한 번 생각해 볼 때다.

아이는 우리의 새싹이다. 새싹부터 올바로 자라야 무성한 나무가 되어 열매 맺을 수 있다. 우리의 새싹인 우리의 아이를 새싹인 어릴 때부터 올바른 생각을 가지게 해야 좋은 어른으로 성장한다. 새싹을 보며 왜곡된 교육에 대해 참석자와 함께 생각하는 시간을 가진다.

무궁화 꽃과
오징어 게임

무궁화(無窮花)라는 뜻은 없을 무, 다할 궁, 꽃 화이니까, 다함이 없는 꽃, 또는 무궁무진하다는 의미의 꽃이고, 중국에서도 군자의 기상을 지닌 꽃으로도 예찬 되고 있다. 서양에서는 샤론의 장미라 하여 완벽한 아름다움을 지닌 꽃으로 여겼다. 꽃말은 은근, 끈기, 섬세한 아름다움이다. 무궁화가 민족의 꽃으로 자리매김한 것은, 1896년 독립협회가 독립문 주춧돌을 놓을 때 현재 우리가 부르는 애국가 가사에 "무궁화 삼천리 화려강산"이란 구절이 들어가면서 나라꽃이 되었다고 한다. 그러다가 1933년 남궁억 선생의 무궁화를 통한 민족혼 고취 운동이 일제의 탄압을 받게 되면서 전국의 무궁화가 죄다 뽑히고, 베어지고, 불태워지면서 자취를 감추었다.

거의 10년간을 나무 중 유일하게 무궁화만 핍박을 받았으니, 얼마나 가슴 조이며 무궁화나무는 버텼겠는가? 일제 강점기 시절 생긴 유언비어로 일본인은 무궁화 꽃을 보고 있거나 만지면 꽃가루가 눈으로 날아와 눈에 핏발이 서고 눈병이 난다고 헛소문을 퍼뜨렸다. 그래서 무궁화는 큰 고목이 없다. 2011년 강릉에 있는 박 씨 종중 재실에서 수령 110년 이상으로 확인된 무궁화나무가 발견되어 천연기념물 520호로 지정되었다. 광복 후 무궁화는 제 위치를 찾아갔다. 정부는 1949년 대통령 휘장과 행정, 입법, 사법 3부의 휘장을 무궁화로 도안해 사용했고, 1950년에는 태극기 깃봉을 무궁화 꽃봉오리로 제정했다.

이 무궁화 꽃이 오징어 게임 덕분에 넷플릭스를 타고 세계적으로 스포트라이트를 받았다. 다름 아닌 456억 원의 상금이 걸린 의문의 서바이벌 게임의 카운트다운에 "무궁화 꽃이 피었습니다."가 사용되었기 때문이다. 어릴 적 술래잡기 놀이에서 하나, 둘, 셋으로 열까지 헤아리면 시간이 오래 걸리니까 빨리 부르기 위해 10음절인 "무궁화 꽃이 피었습니다."를 사용했다. 그것을 영화 속 게임에서 뚱뚱이 여자 로봇이 사용한 것이다. 세계의 많은 언어 중 10까지 카운트를 하는데, 단 2~3초 사이에 헤아릴 수 있는 건 "무궁화 꽃이 피었습니다."가 유일할 것이다. 그래서 응축된 힘이 있는지 모른다.

　오징어 게임의 황 동혁 감독이 어떤 의도로 "무궁화 꽃이 피었습니다."를 사용했는지는 정확히 모르지만, 아마도 원, 투, 쓰리나 하나, 둘, 셋보다도 긴박감을 느낄 수 있기 때문이 아닐까 여겨진다. 1993년에 발표된 김진명 작가의 "무궁화 꽃이 피었습니다."가 3백만 부 이상이 팔려 국민도서가 된 이후로, 영화 제목으로 또는 드라마 제목으로 사용됨으로 국민의 뇌리에 각인되었다. 그런 중에 오징어 게임으로 무궁화 꽃은 일부 작가나 주역을 배운 사람, 그리고 음양오행을 신봉하는 사람들 사이에 재조명되기에 이르렀다. 집이나 사무실 벽에 "무궁화 꽃이 피었습니다." 휘호를 써 붙인 곳도 생기고 있다.

　하얀 무궁화 꽃은 항염 효과가 있어 예부터 한방에서는 약재로 사용되었다. 그런데 최근에 흰 무궁화꽃의 추출물 에탄올이 세포 실험 결과 골다공증 치료에 효과가 있다고 농진청에서 발표하였다. 그리고 동의보감에서는 무궁화 줄기나 꽃을 달여서 차로 마셔왔고, 종자는 두통약, 뿌리는 위장, 줄기 껍질은 피부, 잎은 이뇨 작용에 효과가 있다고 한다.

無窮花되였습니다이

한국을 너무 사랑한
펄 벅(PEARL S. BUCK) 여사

1962년 백악관에서 노벨상 수상자를 접견하던 케네디 대통령은 1938년 노벨문학상을 탄 펄 벅(1892~1973) 여사에게 요즘 어떻게 지내시느냐고 안부를 물었다. 여사는

"한국이 배경인 소설을 쓰고 있습니다."

그러자 케네디는 미간을 찌푸리며

"한국은 골치 아픈 나라인데 내 생각은 미군을 한국에서 철수시켜야 할 것 같습니다. 비용이 많이 들어갑니다. 그냥 옛날처럼 일본이 한국을 통제하게 해야 할 것 같아요."

라고 말했다. 그 말에 여사는 잠시 충격에 말을 잊었다가 이내 정색하며 답했다.

"대통령이란 자리에 있으면서 한국 사람들이 얼마나 일본을

싫어하는지도 모르고 그런 말씀을 하십니까? 그건 마치 미국이 영국의 지배를 받던 그때로 돌아가라는 것과 같습니다." 그러자 케네디는 정색하며 자기의 실수를 인정했다.

그녀가 어린 시절부터 오랫동안 중국에서 살아 중국에 대한 애정이 남달랐으나, 미국 다음으로 사랑한 나라는 한국이라는 사실을 그의 책에서 밝히고 있다. 한국인은 펄 벅 여사는 대지를 집필한 작가로만 알고 있지만 대한민국의 독립을 위해 중국 신문에 "한국인은 마땅히 자치해야 한다."라는 논설을 게재하기도 했고 1941년에는 미국에서 동서협회를 조직해 유일한 박사와 이승만 박사를 초청해 강연하도록 자리를 마련했다. 본인 역시 "한국을 알자 2,500만의 잊힌 친구"란 강연을 하기도 했다. 그리고 "한국인의 밤" 행사를 열어 아리랑을 불렀고, 한국인은 연합국의 카이로 선언을 믿고 가만히 있을 게 아니라 스스로 독립을 쟁취해야 한다고 주장할 정도로 한국에 대한 놀라운 애착을 보여주었다.

그녀가 유일한 박사 초청으로 한국독립운동가의 정신적 뿌리를 확인하고자 한국을 찾게 된다. 1960년 한국 농촌을 여행하던 펄 벅 여사는 특이한 광경에 놀란다. 소달구지에 볏단을 신고 자신도 지게에 볏단을 지고 소 옆을 걸어가는 농부의 모습이다. 펄 벅 여사는 이 모습을 신기해하며 농부에게 물었다.

"소달구지에 볏단을 싣지 않고 왜 힘들게 지고 갑니까?"

그러자 농부는

"오늘 우리 소가 너무 힘들게 일을 많이 해서 고생했으니, 내가 짐을 나눠서 지고 갑니다."

라고. 여사는 이 순간에 온몸에 전율을 느꼈다며 귀국 후

"세상에서 본 가장 아름다운 풍경이었다."

라고 고백했다. 또 한 번은 늦게까지 따지 않은 감 10여 개를 보고 동행한 기자에게

"저 감은 왜 따지 않고 그대로 있어요?"

라고 물었다. 그러자 기자는

"저건 겨울에 새들이 먹으라고 남겨둔 까치밥입니다."

라는 기자의 대답을 들은 그녀는 탄성을 지르며 놀라워했다.

"바로 이거예요. 제가 한국에서 보고자 했던 것은 고적이나 왕릉이 아니었어요. 이것 하나만으로 나는 한국에 잘 왔다고 생각해요."

우리 선조는 씨앗을 심어도 셋을 심었다고 한다. 하나는 하늘의 새, 하나는 땅의 벌레, 나머지 하나는 사람 몫으로 자연

과 함께하는 천지인 사상을 몸으로 실천한 국민이다. 이렇게 그녀가 독립운동가의 뿌리를 찾아 한국을 방문해서 경험하고 지켜봐 온 것을 토대로 나온 책이 "한국에서 온 두 처녀"(1950) "살아있는 갈대"(1963) "새해"(1968) 등이다. 펄 벅 여사는 책 집필뿐만 아니라 한국에 펄벅 재단을 세우고 유일한 회장으로부터 부지를 기증받아 소사희망원을 세워 한국에 있는 혼혈 아이들을 돌보며 한국 여성의 인권향상을 위해 노력했다.

그녀는 항상

"한국은 고상한 국민이 사는 보석 같은 나라다."

라며 틈만 있으면 한국 자랑을 했다고 한다.

윤리 제곱
방정식

어느 날 어머님이 갓 취직한 아들 자취방을 찾았다. 찹쌀이랑 참깨, 참기름, 깻잎무침을 들고 먼 안동에서 울산까지 왔다. 하룻밤을 자고 간다며 화장실에 들어갈 때 아들은 얼른 어머님의 옷 주머니에 20만 원을 넣었다. 그날 밤 어머니는 자다가 일어나 아들이 자는 모습을 보며, 책상 위의 책 안에 20만 원을 꽂았다. 어머님이 떠나고 아들은 책을 펴다가 돈을 발견했고, 어머니는 집에 도착하여 앞집에 찹쌀값을 주다가 주머니에서 돈을 발견하고 고개를 갸우뚱거렸다. 아들은 어머니에게 20만 원을 드렸는데, 20만 원이 생겼으니 40만 원의 돈의 가치를 생산했고, 어머니는 아들에게 20만 원을 주었는데, 옷 주머니에 20만 원이 있으니 40만 원의 가치가 생긴 것이다. 이게 윤리 제곱 방정식이다.

아줌마 4명이 해인사로 놀러 갔다. 어느 절이고 다 마찬가지지만 절 입구에서 할머니들이 봄나물을 손질하며 몇 명이 앉아 나물을 사라고 간청을 한다. 4명 모두 두릅을 산다기에 한 명이 돈을 거두더니 이런 제안을 한다. 할머니 4명에게 만 원씩 두릅을 산 후, 나는 집에 가서 누구 엄마가 당신 주라며 이 귀한 두릅을 사주더라고 이야기할 테니, 너희들도 그렇게 하라며 각자 지명을 해준다. 각자 집으로 가 두릅이 남자한테 좋다며 당신 주라고 ○○ 엄마가 사주더라, 당신 두릅 좋아하는 것 어떻게 알았는지 ○○ 엄마가 만 원어치나 사주던데, 또 한 명은 옆집 친구가 이렇게 당신을 챙길 줄 몰랐네 하며 두릅 이야기를 했다. 이만 원의 두릅이 2~3만 원의 과일이나 빵이 되어 돌아오고, 아니면 저녁 초대를 받고, 또 생각지도 못한 공연권이 방글거리며 왔다 갔다 하면서 친목이 쌓이는 가교역할을 한다.

이왕 쓸 만원이 남을 위하는 지출이 되면, 돈의 가치가 헤아릴 수 없이 커진다. 당연히 이것도 수학적 계산이 아닌 철학적 해석을 하면 윤리 제곱 방정식이다.

천리포수목원
탐방

충남 태안에 있는 천리포수목원은 세상에서 가장 아름다운 수목원으로 회자된다. 1979년 미국에서 귀화한 민병갈(1921~2002)은 1945년 정보장교로 한국에 파병되어 6·25 동란을 거치고 서해안을 탐방하던 중 한 농부로부터 딸을 시집보내야 하는데 이 땅을 사달라는 애절한 호소를 받았다. 1962년 대지를 매입하고, 1970년부터 본격적으로 나무를 심기 시작했다.

그가 설립한 천리포수목원 62ha의 부지에선 현재 약 1만 6,000여 종의 수종이 자라고 있다. 목련만 400여 종이니 그 다양함에 생명에 대해 경이로움마저 든다. 2000년 국제수목학회로부터 아시아에서는 처음으로 '세계의 아름다운 수목원'으로 인정을 받았고, 비공개로 운영해오다 2009년부터 부분적으로 개방해왔다. 근년에도 연중무휴지만 총 7개 지역 중 밀러가든 지역만 개방한다. 1년에 한 번 목련 축제에만 개방하는 비밀의 목련정원을 수목원의 가이드와 함께 걸으며 듣는 재미있는 식물 이야기는 상상 그 자체다. 그리고 목련 외에도 다양한 수목원의 이야기를 들을 수 있는 프리미엄 가이드도 흥을 돋운다.

천리포수목원에는 반듯하게 다듬어 놓은 타 수목원들과 달리 거의 전지를 하지 않고 자연스럽게 나무를 키우고 있으며, 그동안 우리가 미처 몰랐던 멋진 이름의 나무와 꽃들이 즐비하다. 나무를 태우면 자작자작 소리가 난다고 해서 자작나무, 역시 나무를 불 속에 넣으면 꽝꽝 소리를 낸다는 꽝꽝나무, 마음이 아름답다는 꽃말을 가진 한국 토종 으아리. 어감과 멋쩍게 보랏빛 꽃잎에 황홀한 깽깽이풀, 진한 향기와 화려한 자태를 뽐내는 장미과 가침박달, 호랑등긁개나무라는 별칭을 가진 호랑가시나무, 율곡 이이의 전설과 얽힌 너도밤나무 등 끝도 없이 귀와 눈을 즐겁게 한다.

계절의 여왕 5월에 초대받은 탐방단은 초빙 강사의 말 한마디를 놓칠세라 귀를 쫑긋 세운다. 언제 보아도 이보다 더 예쁜 꽃이 있을까 하고 감탄하는 아이리스가 붓꽃의 일종이라는 것, 라일락과 유사한 우리네 수수꽃다리(꽃 모양이 수수와 같다 해서 '수수 꽃 달리는 나무'의 뜻)가 6·25전쟁 중 미국으로 건너가며 '미스킴라일락'이라는 학명을 얻었다는 것을 알게 되었다. 물에 피는 수련이 물 수(水)가 아니라 잠잘 수(睡)자를 쓴다고 하며, 꽃이 피었다 닫기를 3일 동안 반복한다고 하여 붙인 이름이라고 한다.

식물전문가도 아닌 민병갈 정보장교가 국제적인 수목원을 만들 수 있었던 것은 결혼도 하지 않고, 오로지 식물에 대한 열정과 노력, 사랑과 헌신이 있었기 때문이다. 살아있는 생명은 다 어우러져 살아갈 수 있도록 한 그는 숲길을 걷다가 나무 사이의 거미줄을 보면 돌아서 다닐 정도로 자연을 사랑했다고 한다.

전 재산을 수목원 조성 사업에 바쳤던 그는 2002년 4월 운명하는 그 날까지도 자신이 사랑하는 수목원의 수목들이 잘 자라기를 간절히 바랐다고 한다. 타계 후 박정희 대통령, 현신규 박사, 임종국 독립가, 김이만 나무 할아버지에 이어 5번째로 "숲의 명예전당"에 헌정되어 그가 이 땅에 보여준 헌신적인 식물 사랑에 대하여 기록되었다.

마치는 글

이제 숲에 귀를 기울여봅시다.

숲은 언제나 숲속에 사는 동식물과 계곡물이 어우러져 그들만의 음악회를 열어 노래를 부르고, 책을 읽으며 만물과 소통하려고 노력하고 있습니다. 언제 누가 어디서 무엇을 가지고 숲을 찾아와도 반려견이 마음을 다 내어놓고 주인을 섬기듯, 산도 누구든 차별 없이 포근히 감싸 안으며 마음을 엽니다. 봄이 오는 길목에 서면 들릴 듯 보일 듯 남풍의 간지러움에 막 싹을 틔우고 있는 새싹의 웃음소리가 들리고, 푹푹 찌는 한여름엔 나뭇잎 그늘이 어서 오라며 손짓하고, 가을바람 솔솔 불면 잎에는 꽃보다 예쁜 단풍이 들고, 눈이 내리는 겨울엔 멋진 풍광으로 우리를 즐겁게 합니다.

바다는 바다로 흘러드는 모든 것을 어머니처럼 다 받아준다고 하여 바다라는 이름을 얻었고, 사람은 바다를 어머니처럼 대합니다. 숲은 우리가 언제 어느 때고 무엇을 가지고 찾아가도 스스럼없이 반겨주며 다 내어준다고 하여 산도 어머니라는 별칭으로 불립니다. 바다가 생물을 낳아 기르듯, 숲도 생물을 낳아 기릅니다.

휴일엔 전국의 명산을 찾아다니고, 특히 한 달에 한 번 3년간 백두대간을 걸으면서 자연과의 대화를 즐기면서 산의 의로움과 단절함과 통달함을 두루 섭렵하였습니다. 정년퇴직을 한 후 숲에서 숲해설가로 활동하면서 자연과의 대화란 책을 한번 써봐야지 하고 결심한 배경은, 자연에 묻고 들은 혜안을 자연을 사랑하는 모든 이와 공유하겠다는 작은 소망에서 시작되었습니다.

우리는 언제나 숲에 들면 첫째는 겸손해져야 합니다. 산의 주인은 누가 뭐래도 그 산에 사는 식물과 동물입니다. 소나무가 인간에게 전하고 싶은 말은 나무뿌리를 함부로 밟지 말라 인지도 모릅니다. 그만큼 돌출된 나무뿌리는 밟히고 잘리고 뭉그러져서 신음을 토해냅니다. 둘째는 산에 있는 동식물을 사랑해야 합니다. 발에 밟히는 풀뿌리 하나 개미와 벌레 하나라도 허투루 취급해서는 안 됩니다. 세 번째로 끝없이 자연과 대화를 시도해야 합니다. 다들 어떻게 하는 게 대화냐고 하지만 아주 간단합니다. 풀이나 나무 이름을 알면 스스럼없이 불러주면서 쓰다듬거나 만져주고, 나무뿌리를 실수로 밟았으면 "아이고 나무 님 미안합니다"라고 하고, 어쩔 수 없어 밟거나 잡아당겨야 한다면 "나무 님 미안합니다." 아니면 "감사합니다," 라고 하면 됩니다. 이 세 가지만 잘 실천해도 진정한 산악인이 아니더라도 산을 찾을 자격이 있습니다.

그리하면 소나무의 꿈은 천년을 살고 베어져서 궁궐의 동량목이 되는 거구나 라는 것을 알게 되고, 지금 저 소나무가 사람에게 전하고 싶은 말이 무엇인지 짐작을 할 수 있게 됩니다. 왜 소나무가 바위를 좋아하는지, 바위 위에서 어떻게 추위와 가뭄은 견디는지, 바위틈에 외롭게 자라고 있는 저 소나무의 임무가 무엇인지도 알게 됩니다. 소나무 하나만 놓고도 수많은 질문과 비밀이 얽혀있습니다.

자연과의 대화를 끝까지 읽어 주신 독자 여러분께 감사드리며, "산을 사랑하면 건강과 행복이 함께 한다"라는 좌우명은 늘 필자뿐 아니라 독자들과도 함께 하길 빕니다.

2023년 여름의 시작
감사합니다.